漂流记

屠岸 ◎著

北方文艺出版社

图书在版编目（CIP）数据

漂流记 / 屠岸著. -- 哈尔滨：北方文艺出版社，2014.12

ISBN 978-7-5317-3383-6

Ⅰ. ①漂… Ⅱ. ①屠… Ⅲ. ①纪实文学－中国－现代 Ⅳ. ①I25

中国版本图书馆 CIP 数据核字 (2014) 第 286078 号

漂流记

作 者 / 屠 岸

出品人 / 宋玉成

责任编辑 / 安 璐 聂元元

封面设计 / 锦色书装工作室

出版发行 / 北方文艺出版社

网 址 / www.bfwy.com

邮 编 / 150080

经 销 / 新华书店

地 址 / 黑龙江现代文化艺术产业园 D 栋 526 室

印 刷 / 北京东君印刷有限公司

开 本 / 880 × 1230 1/32

字 数 / 125 千

印 张 / 6

版 次 / 2015 年 2 月第 1 版

印 次 / 2015 年 2 月第 1 次印刷

书 号 / ISBN 978-7-5317-3383-6

定 价 / 28.00 元

《漂流记》原稿笔记本

《漂流记》原稿笔记本展开

丁家

漂流(逃难)路线示意图

上海→常州→镇江→武汉→新堤→武汉→广州→香港→上海

(1937年7月——1938年1月)

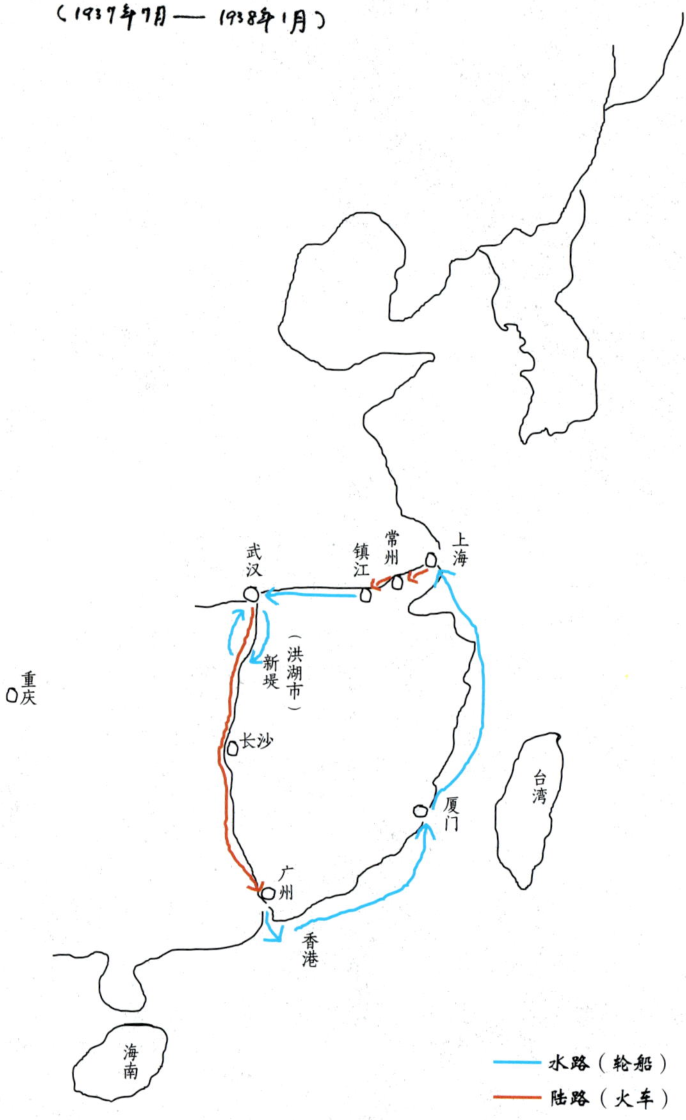

目录

漂流记
PIAOLIUJI

《漂流记》新版序

这本小书，是抗日战争初期一九三七至一九三八年笔者与家人逃难避祸经过的文字记录。写作过程已在《〈漂流记〉：一点说明》中说明。

中国人民抗日战争是一场伟大的正义的战争，是为保卫中华民族、保卫人类尊严、抵制并击退日本侵略暴行的伟大人民战争。日本帝国主义在中国进行的战争是残暴的侵略战争，是逆历史潮流而动的、反人类的反动战争。日军肆意屠杀中国的和平人民，强奸中国的和平妇女，抢劫中国人民的血汗财产，烧毁中国百姓的房屋和城市建设。日本充分暴露了他们兽性的、非人的凶残本性。当年英国曼彻斯特的记者田伯烈（H.J.Timperley）来华采访后于一九三八年出版的《外国人目睹的日军暴行》一书中以客观公正的态度向世界公布称，“发觉事态之惨，殊出人意料”，一千八百万难民“被埋葬在黑暗与风暴之中”，日本侵华乃是世界“现代史上最黑暗的一页”。最近中国吉林省新发掘出日本侵华军来不及销毁的档案，是日军侵华过程中自己写下的记录，内容涉及实施南京大屠杀、强制性奴隶（“慰安妇”）、向731部队“特别移送”人员以供做活体试验、残酷奴役劳工等伤天害理、骇人听闻的罪行。这批档案相当于日军的“自供状”，为他们的罪行提供了原始证据，可谓铁证如山。

笔者当年还是个十三四岁的少年，初中二年级学生，在日本侵略军迫近家乡江苏常州时，随家人逃难，一路上记下了所见所闻，文笔幼稚，但难得的是，所记的都是真实。虽然没有直接的战场经历，但所写的一草一木都是真实。若非亲身经历，不可能这样写出。它排斥了任何虚构与渲染，因此，它也就是历史。

它原是一本记事簿，是为了自己回忆时有个依据，从没有想到要正式出版。现在，北方文艺出版社决定出版这本小书，实在出乎我的意料之外。

为了使读者获得更多认知，除了保留原有的插图外，还增加了若干图片和文字说明，以及一幅逃难行踪路线图。

感谢北方文艺出版社的好意和责任编辑安璐女士的辛劳，感谢所有愿意翻阅这本小书的亲爱的读者。

屠岸

二〇一四年八月一三日

《漂流记》：一点说明

这本《漂流记》写于1937年至1938年，记的是当时我与全家逃难的经过。1937年“七七”卢沟桥事变爆发，全国抗日战争开始。同年，“八一三”日军进攻上海，淞沪抗战爆发。我原在上海中学求学，此时正返回故乡常州度暑假。日本侵略军沿京沪（今沪宁）线向南京方向进攻，迫近无锡、常州。当时我十三岁，是初中二年级学生。我随家人从常州逃到镇江，再逃到武汉、新堤（今洪湖市），后又经粤汉铁路到广州，经香港，乘轮船于1938年1月返回上海，住在法租界姨母家。其时上海已经沦陷于日军，但英、法租界日军不得进入，故称“孤岛”。我在逃难期间，一路记下所见所闻所历，途中时写时辍。到上海后，作追记补充，完成于1939年6月，其时我已十五岁。原稿用自来水笔（今称钢笔）写于一练习本上，附有插图若干，均为途中我和家兄孟厚（荣哥）的写生之作。这个本子除缺失十二页外，至今保存完好。今日略作整理，作一本小书，约十二万字，打印成册，复印若干份，以赠亲友。所谓整理，仅改正错别字，补正漏字，将某些学校或机构的简称改为全称（怕读者不明），此外将繁体字改为简体字，增加了第 24、25 两条注释和一项“附录”（《漂流记》中的人物）。当时稚拙的文风和童年的幼稚想法，一概保留，以存原貌。书名《漂流记》曾想改为《逃难记》，现决定不改。当年手稿上写了个笔名：叔牟，也保留。

屠岸 2013 年 5 月 13 日

第一章　归故乡常州之后

刚欣然地从上海回故乡常州家中准备过暑假的我，突然被七月七日（民国二十六年，公元一九三七年）卢沟桥事变怔住了！接着北平、天津相继沦陷的消息，犹如不绝的雷声，传了过来，当时是多么的惊讶！对于时事的注意，似乎成了一种瘾癖。

八月三日，父亲从上海回常州，并带来了一具五灯的收音机，因此我跟母亲等每晚听中央电台报告时事。它本来是预备给祖母消遣的，如今各电台均停止娱乐播音，却有了一个特殊的用途。

荣哥自镇江军训回来（七月卅日），住不了几天，便在八月六日同父亲到上海去了。

时局一日紧张一日，八月七日同学丁元生君回常州，据他说上海的形势已入战争状态。果然，八月十三日晚间，沪战轰然爆发，京沪火车向上海去的一段亦停止运客。我们唯一的慰藉是前线胜利的消息。此外，我到母校觅渡桥小学去看望美术老师吕荷生先生，或赴西直街丁元生家谈天，以消磨闷热的暑日。

九月十七日的上午，父亲和荣哥从上海回来了，这是我所万想不到的，原来他们绕道苏嘉（苏州—嘉兴）铁路，吃了千辛万苦，才到常州，其目的是荣哥要回常州中学读书。

我的读书问题，曾与元生商量多次，上海中学当然无法可去，而上海中学又不寄借读证来，无法可想。及后，借读证寄来了两张，便设法向省立常州中学商量借读办法，孰知省常中之初一、初二不开班，因为人数太少。我便只得报名县立中学，交了学费准备去借读。但我不幸足上生疮，不能行走，遂请了数日假。适此时省常中因应学生之要求，初一、初二开班了，我便带痛去上课。县中的学费只退了半数。在常中数日后邂逅上海中学同学张燮元君，他一见我，立刻说："上中已开课了，我们快些去吧！"

我当然惊奇，并且怀疑。惊奇的是上中怎样会开课？怀疑的是去上海的路途已断，说要去上海不是他一厢情愿？但张君却很镇静地拿出了一张报纸，是上中招生广告，借校址于上海法租界上海美术专科学校教室。至于去上海的路，张君说本可以转苏嘉铁路，而今尚有长途汽车可直达上海法租界南洋桥。我被他一说，心中跃跃欲试，忙找丁元生告诉了他，但他并不表示如何赞同，我的勇气突然为之一蹶。归家告诉母亲，也得不到同意，父亲也复去上海了。此心只得坠下，眼望着张君得意扬扬地走向汽车站。

我仍天天到常中去借读，那功课真使我感到百般无聊。尤其使我焦虑的，便是足疾的病势加重。医师屠友梅舅舅说：必须告假休息，方能获愈。因此，我的学业又中止了，每日百无聊赖，只阅读些书籍，以度乏味的日子，而足疾竟无完好的希望，每日到屠友梅处医治，必用剪刀、钳子之类，令人痛苦之至。

天有不测风云，人有旦夕祸福。不料在十月十三日下午，敌机竟大举轰炸武邑[1]，我们平生第一次经历这惨祸，吓得魂不附体，平卧在地上，静听着远近的机声，祷告着祸不要降临在自己头上。祖母静坐着在诵佛经，我们只是窒息地卧着，只要听到“轰”的一声，脑中便印了一个不可名状的印象，不知要伤害了多少生命和财产。我惭愧自己是那样地怯弱，但我想在第一次受惊的人，有哪几个是泰然的？不过，在受惊之中，更加强了对日寇之憎恨！

这次的轰炸，就在火车站附近死了百余名老百姓，真是绝对不能预料的事。

① 武邑即常州，今称武进县。

第二章　前黄之行

十三日敌机首次举犯武邑，次日又轰炸戚墅堰[1]龙头房[2]、电灯厂。常州城内居民，许多已逃到乡间。我们饱受惊吓，自不能坐以待毙，并且祖母在堂，更应负保安之责，便决定逃难到前黄[3]去。

十四日晚间雇好三部黄包车，十五日早晨二时半动身，乘黄包车出发，去者有祖母、母亲、荣哥、我及珑妹，尚留姑母在家中照料。当时尚在黑夜，荣哥是骑自由车[4]跟在我们的后面，途中亦不时听见飞机嗡嗡之声。及到前黄，天刚放明，[5]杨锡类先生等出来迎接我们进屋。此地空气清新，风景幽雅，晚间居住于“新园”。荣哥于次日回常州读书。我每日环游其间，精神为之振作不少，而足疾亦因此而愈，喜不自胜。

但不幸之我，大腿上又生了一个“块”，疼痛难忍，杨

---

① 戚墅堰离常州约十余里，为一热闹之市镇，沿京沪路。

② 龙头房即火车龙头之库。龙头即火车头。

③ 前黄在常州之南三十六里，是乡村的一个镇，农产颇丰富。

④ 那时自行车又叫自由车、脚踏车。

⑤ 请参阅后节第二页之作文一篇。

新园门口的花圃（叔年画）

先生请人弄了一种老鸦眼睛草敷了两次，没有效力。

一天上午，杨先生送来了一张话剧的门票，原来是常州宣传抗战的话剧团到此公演，地点在前黄公学。我因为腿上有病，不便行走，不方便去。但又听说：演员中有许多跟我熟悉的，便一心想去见面。下午，扶了母亲的肩，在烈日下的田垄上，步行到了街镇上，路过一家药店，便进去预备购些六神丸，以便吃了可治腿上的"块"。但店内有一位医生杨鹤声大大，他给我开了一服药，并定制了一个恼纱麝香膏药，答应看完了戏回来取。我又扶了母亲走到前黄公学，前门不开。又拐到后门，买了两张票（原来一张票还给杨先生了）进了操场，是露天的，又无座位，母亲同了我进后席化妆室，见了许多昔日友朋，如费定，如沈慕云，正谈论间，通门已闭，母亲上前请守门者一放，不获答应，便请求费定[1]等人

① 费定乃武进青年励志剧重要成员，曾在《风云儿女》《逃亡》等影片中当过演员。廿六年二月三日我因参演《雷雨》与沈慕云同时认识。

20世纪30年代的常州

疏亦未成功，只得出前门转到后门，与一老翁借到凳角而坐着。戏演了三幕，我们便回来。经过药店取了膏药敷上患处，拐到“新园”，天已灰暗了。

真幸运极了，用了药我腿上的“块”因此逐渐消散了。

我身体自由，精神焕发，每天钓钓鱼，划划船，有时在树林深处写生，有时在清流河岸伴游。一时对于国事，近乎不注意的状态，这在过后想来，是很觉惭愧的。

有时觉得有兴趣，便做几篇文章，兹将十月十五日追记一篇，录于下面：

二十六年十月十五日

炸弹的轰声，早已把全城的民众，吓得东跑西散，我们为着年老的祖母，便决定于十五日早晨，动身到前黄去。

半夜里时钟刚敲着两下，而隔夜已雇好的黄包车夫却已来敲了两次大门催行。我们当然也不会甜蜜地睡觉，自然相继地起身了。待祖母起身后，便胡乱地吃了一点点心，预备上车。夜气很冷，我们每人加了一件呢大衣，才比较暖了一些，已雇好的三部黄包车，早已在门前了。祖母在前，我在中间，母亲和珑妹在后面。荣哥是骑自由（行）车跟随着的。我们在家里明亮的灯光中，倒也不觉得什么，至多不过稍觉冷一点罢了，待一出了家门，黑暗的空气，便突然围在我们的四周，阴风也常吹入我的颈项里，我才感到这是“夜”啊！当我们与守家的姑母告别后，我们由车夫拉着车子的行列，也在黑暗中蠕动了！

祖母坐的一部车子下，点着一盏灯，虽然她的光明部分只像萤火虫的发光体那么小，但我们还须靠她的引导。这灯光一路把一个滚动着的车轮的影子很活跃地射在两旁人家的墙壁上，这影子永远跟着我们。看！那一根根清晰的辐，一转一转不停地向前滚着。然而呵！它在这黑暗的墙壁上究竟是空虚的，它需要黑暗来保护它这一点光明，更大的光明来时，它也眼见得要被销蚀了。

当我们过大街时，见几个夜巡警，用手电筒向我们照射。有几家店铺在排门缝中透出灯光来，我想他们或许也在预备逃难了吧？

车到广化门时，守门的人很叽咕了些时候，因为规矩是非到五点钟不开城门的。我心中倒有些着急了，后来给了几毛钱，才放我们过去。过广化桥时，在桥顶上望见东方有一点点白色，但真正只有一线，一下桥马上就不见了。

有几家人家已起来工作了，都燃了豆油灯，什么麻糕店哩、豆腐店哩，我想早的人家真早啊！

渐渐地，我们的行列已进入了乡间。车轮在一条公路上转动着，风也大了，使我常常打寒噤，手也自然地插进袖子里去了，头上有帽子，还不甚要紧，惟有足冻得很痛。

不知在什么时候，轧轧的飞机声，震动了我们的心弦。荣哥忙叫车夫将那一盏车灯吹熄了；于是，我们是全埋葬在黑暗中了。

车轮的震动声中，田野里树叶的摇曳声中，那机声是更大了，我坐的一部车子，车夫首先拉进了一条小泥路里，我一跳而下车，后面两部也停下了。我进入一条沟里，这沟好像是战壕，并没有水，泥是松的。母亲等也进到路旁，惟祖母仍坐在车上，不能下来。

我仰首望天，满是闪烁着的星。在众星之间，又看见了四颗较大而较亮的星，我正在怀疑，忽见那四颗东西在微微地向前移动，但动得极慢极慢。这才使我恍然大悟似的明白这就是四只飞机上的灯。正要报告大家，荣哥却也觉察了，说：

“飞机点有灯的，都是我们中国的飞机。敌机不敢点灯的，它防我们的高射炮。”

我们才又把虚惊的心神恢复过来，坐上车子，重新开始我们的行程。

平滑的公路，虽在乡间，却比城里的道路好得多，又没有别的车子来撞。虽然有时遇着一两部独轮车，但它们并不妨碍我们的行进，不像城里街上那样的拥挤。所以我们的车子非常平稳，尤其是荣哥的自由车更自由了。

眼前见的，只是一片黑魆魆的东西。天是高得不可想象，

20 世纪 30 年代的常州

深蓝色中也有些深淡的区别，那是在圆形的太空中间，模模糊糊地好像有一条黑带环抱着。四周散布着点点的小的光明。这些大的一片，好像一双合在大地上的碗；又似乎是一只巨魔之手，笼罩着这块还未重遇光明的、柔弱的大地，这块载着酣睡的人们、埋葬着万物的大地。

最使我注意的，是那优美的大自然的音乐灌输入我的耳鼓。那也是夜之音乐，每入夜晚，她便奏起了！平时我常在入睡之前，到院子里去听一下，而今天才听得彻底了，那好像是各种音乐的综合声调，各种乐器的综合奏演：秋虫的振翅鸣声，呼呼的风声，树叶的窸窣之声，以及夜之一切的声韵。是一片调和的，没有参差的，和平的音调。夜好像被它衬得更静，更优美，更和平了。更使我觉得离奇的，便是在车上的我，每经过那竖立在路旁的电杆的时候，便听见一种很悦耳的美音，ang——待车子过了，又慢慢地消失。因此，每当我将要经过那电杆之前，便预先侧耳倾听，过了，又期待着下面一根的到来。这到底是什么声音呢？后探知这是长途电话的电杆，那声音大概是电线里发出来的，这声音直到我听了好久，似乎厌了吧，才放弃它。虽然，声音还是很要好地钻入我的耳鼓。车过湖塘桥站的时候，天还很黑，那好像是个很简陋的汽车站，有一两盏豆光的灯火。

时常看见在前面有三两个黑影，待到身旁，都是推独轮车上城的乡佬，他们还一路闲谈着。我又想，他们这样早上城，既刻苦耐劳，又冒着敌机轰炸之险，真可佩服！

东方的灰白处，渐渐发白，变成鱼肚色的一条，天空的灰色，像铅一样。阴风好似加冷似的向我们吹。荣哥却很热，独个子骑了自由车向前直驶而去。

天边鱼肚白色的一条，益发亮了，周围混着一片云，似乎凝结了一堆堆蓝色的、白色的层云。在这层云雾中间，藏着一条金龙似的亮的发光体，慢慢地闪耀着，闪耀着……我的四周，已稍为明亮些了，只见两旁都是一片金黄色的稻田，有的稻已被割下捆着，有的还竖起了那丰满的穗。那硕大的谷捆，告诉我们今年的收成很丰硕。

东方更加光显了，一层云雾也渐渐地散了。地平线下透出了微微的红光，红光的上面有一层粉红色的异常柔滑的软腻的彩带，是被红光反照得这般美丽的。她像是飘带似的蜿蜒着的一条，异常轻软地腾在半空，等待着血红的太阳出山。

车已过南夏墅站①，天也快要全明了。路旁遇着两三牧童，有的坐在牛背上，有的牵着牛。他们见了我们的行列，

① 昔日母校觅渡桥小学的老师胡达人先生，现在南发墅公学教书，胡先生在觅小时，与我感情甚好。

都注目而望，直到看不见而止。渐渐地又看见了老农夫们在田里劳作了。他们见了我们，也都注目望着。有几位还问：

“你们城里来的吗？”

“城里太平否？”

三个车夫便高声地回答。

还有一个在稻田里的小孩见了我们，便大声嚷着唤他的爹妈来看。

东方的美云也增加了，地平线上的红光非常之强，红光之上有一道金色的棉花似的积云，再上是黄而红的淡云，及紫色波纹似的一条云霞带子、彩霞带子。除此以外，天空已减轻了铅色，是较明朗的青蓝色。不过在西方的地平线上还带着沉重的铅色。

金黄色的稻田里时常飞着一种鸟儿，羽毛带白带黑，飞东跳西，很是活泼，不过叫的声音很单调。这就是普通称之为喜鹊的鸟。还有其它各种鸟儿，在这拂晓清晨，显得异常活跃。

火焰似的血红的太阳，已经露出了它的面目，周围的云雾似乎全都被映成了通红的火山，万物都受到那伟大有力的

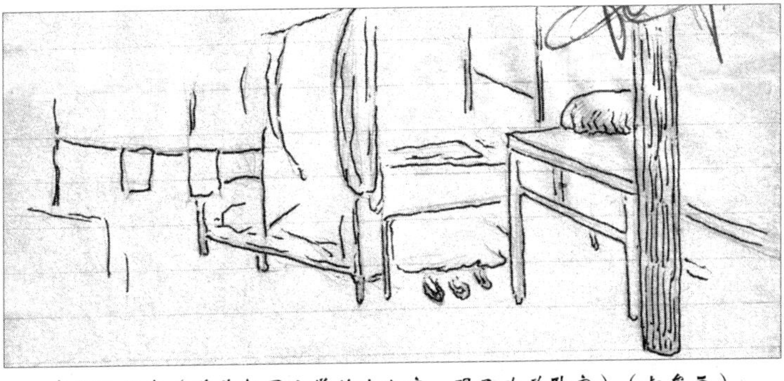

我们的居室（前黄新园小学的办公室，现已改为卧室）（叔牟画）

光芒照射而欣欣地滋长——祝福！

我们望着那炽热的火焰，血红的金轮，都默默地赞叹它的伟大、光明、美丽及神圣。

黄包车还是不断地赶路，三个车夫都汗流浃背，我很替他们叫苦，也为他们替我们服务而感激，而在他们自己却似乎一点都不介意，只顾跑着。

当太阳已高悬于上空的时候，我们的目的地——前黄，也已到达了，车子停在一个挂着“前黄蚕桑改良区”牌子的门前。荣哥的自由车也在这里出现了，人大概到村里接洽去了。母亲给车夫们付了他们应得的车钱，便和他们告别。他们拉着空车回城去了。我不能走路，便与祖母雇了两部独轮车，由车夫推到村上去。一路上乡村风景很是幽雅，空气很清新，来到一座别墅式的房屋，曰“新园”，那里树木茂盛，鸟声悦耳，真是个乐园啊！我忽然想到自己就要居住在这个乐园似的乡村内，不觉失声笑了！真的，乡村生活在我还是第一遭呢！

路上巧遇迎接我们的杨锡类先生，他的身体很高，是很会笑的人，见了我们打招呼后便嘿嘿地笑了起来。荣哥在他背后，还同来了三四个人，大概都是来迎接我们的。他便又到大门口，去迎接付完车资的母亲及珑妹。

独轮车过了一个大村，便又进第二个村子，狗儿见了我们便汪汪地大吠起来，我们的车子在杨先生家里门口停下，狗儿一见我们下车，倒摇头摆尾也不咬了。

村童们见了我们，都聚拢来看着，又不敢太近。有的三三两两的在交头接耳私议着。沈先生（即杨师母，杨先生的妻子，名沈琴华，原是母亲的学生。因为她是本地的保长，所以大家这样称呼她）是产母，可惜那个婴儿已夭折了。现在杨先生和她只有两个女儿，一个叫来笋，一个叫来宁，都在前黄公学读书。产母沈先生头上裹了白布，出来迎接。母亲等也到了，便一同进屋去。

杨先生家后门外，便是一条清静的小河，河畔有许多垂柳，我们便在绿荫之下，放下了钓竿。悠悠的流水，倒映着垂柳的细枝，飘动着，成了一条绸带。熏风吹拂着我们的胸襟，使我们陶醉了。举起竿来，饵倒光了，鱼一条也不上钩。杨先生说：

“钓鱼要有法门，初钓也难到手，而况用饭米粒，毫无用处。最好有蚯蚓，我家来笋（他的大女儿），一次总能钓到七八条……”

我钓不成功，便回屋了。不久吃了午饭。

在午后，太阳正热烈地照射于大地，我坐在一张小木凳上，倚着一棵古老的大树，远处有农人们在劳作。地是一块块砖铺的大片平地，这就是农人们所讲的“场”，这场的上面，也不均齐地长着好几株大树，树的枝叶蓬松地伸展着，给场上的劳动者遮荫。我的右面有一条小泥路，可通向稻田。右前，远近散布着草屋，及深淡的树木，高下相间。最远处是一丛竹林，苍翠得可爱。天边浮着白云，飞着鹊儿，看着这园林，感到非常优美。

右边的小泥路上，一个老头儿不断地把一担担稻米挑到场上，由两个女子来“打稻”，其中一个眼睛是瞎的。他们的工作，一直没有中止。在村上，就是八九岁的小孩子，也都有工作，打大豆啦，扫地啦，驱赶啄稻吃的鸡和鸟啦……忙得很，又勤恳得很。

傍晚我的足又加重病势，我们的居所已指定在“新园”。我很欣喜，便拐到那边。新园的门口，有一个花圃，有松柏、白杨等树，很像“别墅”，其实是从前的一所小学校。里面的房屋也很简陋，不过总有了安身之处，也满足了。母亲在指定的一间房内已把床铺安排妥当，我便横倒在床上。

我倾听着外面农夫们肩挑稻谷时吭唷吭唷的喊声，那是劳动的歌声！远远的还听见打稻的声音。没有多久，便有淅淅沥沥的雨下了起来，天色也逐渐暗下去了。我苦着不能走出去看看，只听着渐渐在远处消失的吭唷吭唷的喊声。突然喊声又起了，似乎很急；我疑心天晴了，然而事实告诉我说天正在下雨……

“ang”！房门开了，母亲、杨先生等来了一大批人，冷清的房间里突然热闹起来，空气也温和了。谈论之间，方知农人们在抢稻，惟恐稻被雨淋湿了要发霉。农人们真勤劳啊！我又赞叹了。

一间尚宽的房间，右角搁上两张木架子床，床前搁两张桌子，荣哥这晚便睡在桌上。靠右面窗前又搁一张桌子。这一间房共有三扇窗，空气尚能流通。桌子、椅子倒各有五张，还算舒适。

这时夜已降临了，屋外的雨不停地下着，幽暗微明的洋烛照着我们进了晚餐，我便急于要睡。足上痛的地方请杨先生托一个老头儿弄了一种老鸦眼睛草根敷在上面，据说会发散的。

我便在这生疏的异乡，甜蜜地倚在睡魔的怀抱中了。——愿明天足疾痊愈吧！

——叔年于十月

在新园内，除了我家外，还有两家人家，陈家和缪家。陈家有一个孩子叫顿元的，生了病，很可怜。我又做了一篇琐碎集成的散文，取名为《无罪的犯人》。

无罪的犯人

“新园”的天井里起了闹声，许多小孩都围聚了起来。母亲先伸长了脖子，视线射出了窗外，同时又不满足地跑了出去。我也跟了出去。只见陈伯母的躯体弯着，用棉花在一个小孩的头上揩，不一会儿那棉花上已染了红色。那孩子的头伸在陈伯母的肚子上，穿了一件旧的褪了色的紫的夹袍，坐在稻草堆上，让他母亲揩他头上的血。陈伯母站起了，对我母亲说：

“他一直睡在房里，闹着要外面来外面来，今天太阳和暖，便抱他到外面来。西晒太阳，坐在稻草上，哪知他说要躺下去，把那段老木头当枕头，很不当心地躺下去，碰在老木的节枝上……”

我回头一看，那是一根截下的老树杆，杆上的节枝很多，倚在一个古青的石台之旁。

“头上碰破了皮，出血……”

母亲连忙回房去取了玉树神油来，与他敷了些在创口，陈伯母再把一决毛巾在他头上扎了起来，才完事。

不看不注意也罢，待我目光注视到那个已抬起了的孩子的脸上的时候，几乎吓我一跳！几天住在这里，许多活泼的孩子的脸大都已熟了，而这个孩子却没有见过一面。使我害怕的，是那孩子的骨瘦的脸！那样子跟老鼠的脸差不多，尖的下巴，突出的颧骨，深陷的眼珠，都充分地表现着他“瘦”的程度。尤其是他的嘴唇上，节节疤疤地生满了干疮，有的地方出了血，已凝成了紫色的固体。两个鼻孔下也满是红的紫的，不知是血还是鼻涕之类。颧骨的旁边，皮肤已凹了进去，并起了皱纹，一条细骨很明显地架着薄皮突出着。全脸又是一种青灰色的成分，没有一丝血色——这些都是几乎吓我一跳的原因。陈伯母又把玉树神油给他敷了一些在大腿的上部及股部，那些皮肤完全是灰色，不像人类的皮肤，而且那皮上都起了一种皮屑。据陈伯母说，这大腿上及股上的疮，谓之“困疮”，是困的时候太多的缘故。啊哟！我又认为是新闻。

我扫兴地踱回房中，觉得这孩子病得太厉害了。他的“瘦”的程度，加之他的静，他的一言不发，实令人可怜而可惧。

太阳欣然地照射于大地。一个瘦的小孩，周身围着棉被，坐在靠背椅上受日光浴。枯焦的脸，不时转动着。深陷的眼睛很小，无力地睁开着。常常用五支骨的手来剥嘴唇上的干疮，被他母亲见了，便连忙阻止。

他的饮食，唯一延续生命的饮食，是每日几碗汤似的糊粥。大家吃的时候，他才吃。有时嚷着，使加一次点心。吃的时候，是由他的母亲或阿姨——缪师母用汤匙一匙一匙地

病孩顿元和他的外婆、妹妹（叔牟画）

送进他的口中。所谓菜，是他们到田里取来的“甜菜”，每吃几匙粥，便吃一筷甜菜，而菜渣还要吐在一张预备好的草纸上。

一天中午，厅上的椅子上坐着一个头上扎着白巾的病孩，这孩子的旁边又坐着一位老太婆，她是陪伴她的外孙的。

这位老太婆，眼睛大概半失明了，足上有风湿，走路是拐着的；说话时又含糊不清，做着手势。我终日见她坐在她外孙旁边，而从没有听见他们讲一句话。只是坐着坐着……

饭后，我的母亲和沈先生都到了这厅上。谈论之间，无意地谈到了这个孩子，陈伯母说：

“本来是寒热，伤寒，后来请医生，都说是湿瘟，湿瘟，药一吃错，弄得大不行。最后只得换医生看，才退了热。但是瘦得不像样，也不敢给他多吃……”

我又知道这孩子才十一岁，在新坊桥小学读书，四年级。曾经留过级的。

商量的结果，决定将他送到镇上张春芳[1]医室去调理调理。便由他母亲驮在背上而去。

母亲暗下对我说："天天吃口糊糊粥，真是挨挨命的。我想无论如何要好好调理，吃点有滋养的东西。你们从前生病之后，不知吃了多少滋补品，华福麦乳精呀，代乳粉呀，葡萄糖呀，果子盐呀……就是现在还每天吃华福麦乳精和果子盐。这个孩子，若不好好调理，一定不会健康的。"

天已经暗下了，大地上起了灰色的迷雾。病孩伏在他母亲的背上，已经回到了新园的厅上。母亲赶快奔过去问讯，我也跟着过去。陈伯母快捷地说：

"郎中说就要吃西洋参，是清补的。又说热虽然退了，而内中还有虚热。他的指头又肿大，也给了些药。我想西洋参到什么地方去弄？时局又如此……"

母亲便介绍他用华福麦乳精，也是很好的调养品。然而，也要到城里去买。况且城里市面全无，不知买到买不到。母亲写了一封信给荣哥说,代购华福麦乳精半磅,在星期六下午带来。

飕飕的风吹树叶声，使我感到大自然的情趣。吱吱的鸟鸣，又促我想到活泼自由的情感。那是在新园的门口，花圃中间。然而使我注意的，是一种"哼"的声音，而且哼了好久了。我似乎呆住了。良久，又不介意地跑开，对于这隐约不清的哼声，大概也忘了吧。但是，待我回到门口时，那声音又使我注意了，我不知道这声音是发出于何处，听了一会，便决心不管怎样地跑进里面去。突然那声音是大而清楚了，我立刻猜想到这声音是那病孩所发出的，我心中生了莫名之感……

① 春芳先生是镇上有名的医师。本是中医，后研究西医，但不精。

干涩而枯燥的喊声，呼吸迫促间迸出的喊声，无力的、悲哀的，永远没有变更的声调：

“ang……甜肉吃……ang……要甜肉吃……ang……要甜肉吃……ang……”

我走到厅上，一个在椅子上的小孩，头伏在臂上，那声音就是在他口中所发出。他的外婆也似乎没有办法地坐在旁边。四周的小朋友——病孩的弟妹，都欣然地在说笑玩耍。我怜悯他吧？我嫌恶他吧？我都不知道！我所知道的，是我的面部不好看，是皱起了眉头。

我终究不明白他要吃的“甜肉”是什么，难道真要吃肉了？后来他阿姨说，是要的“甜菜”。我以为要吃甜菜也用不到喊整个半天，但他却还要继续喊下去呢。

他们听了这种哼，认为人“烦”，太“戳耳朵”，便想法制止。这孩子平日最怕他父亲，于是他的严父便走来说：

“你们大家都走开，我来陪他！”

他的“你们大家”，其实是对他岳母所说，那老太婆便拐进房里。那严父便站在病孩的面前，发扬了“严”的精神。啊哟！真是灵不灵，当场试验，果然那哼的声音断绝了。

小保姆红英送饭来，说：

“沈先生说，陈家的小佬大概吪不用了哩①，不晓得到底怎么？”

我想这也未必。母亲的话很对：“这孩子若不好好调理，那才恐怕有意外。”

---

① “小佬”乃常州语言，即“小孩”义。“吪不用”亦常州话，意即活不成。

我对母亲说："我看他食欲非常旺盛，前两天闹着要吃要吃，看看他似乎……"

我没有适当的话语结束，便摇了两下头，皱了一下眉。

"他喊是烦躁的缘故，最好有点消遣才好。"母亲说。

"他的外婆不会讲故事，那他们也应该安慰安慰他。否则给他本书看看。"我说。

"看书顶伤神，又坏眼睛。阿荣就是病后看书，现在弄成近视。"母亲说。

"那末，……有什么法子？"我似乎没有了捉摸。

"唉！"母亲也叹了一口气。

突然我们又听见那孩子的喊声了，依然是那般枯涩、无力。

"又在喊了！"我又补上一句。

"ang……要饭吃……ang……饭吃……ang……"什么，甜肉之后又要饭了？红英奔出去了。

厅上的方桌四周，坐满了小朋友、大人们，是在融融乐乐地吃午饭。对于这个病孩的喊声，仿佛没有听见。

大家没有注意的结果，是那孩子竟站了起来，摇摇拐拐地挨到桌边来了！这当然是出于意外的事，陈伯母回头见他儿子的手竟伸出来抓桌上的食物，这才慌忙地站起来，口中大声的：

"该死哩……"

一把抱起像小猪似的掷到椅子上。

"哇——"！

我想这也是必然的。而且这哭声是他用了全身之力。我满想看到这哭声有什么代价，来了！他们认为“刺耳朵”的哭声的代价是予以脱掉一双鞋子。但这根本对“止哭”是非但毫无效验，却还增加了他的高和锐，增加了“刺耳”的成分。我想他的那位灵验的严父为什么不再发扬他的“严”的精神了呢？

原来那严父到镇上赌场中去了。这次是他的母亲和阿姨去执行看守、监视的职务了。然而这两位菩萨，竟拿着饭碗在他面前吃给他看。于是这预备抓饭的手又上来了，这手的伸上来，非同小可！他母亲动怒了。

“该死哩！你现在只好吃糊粥，薄粥都勿好吃，怎么可吃饭？吃了下去吐勿出咯！……要死的！这样不懂道理，真是该死哩！真混账之极！……”

无济于事的一场骂终于结束。至于骂的对象，当然是仍旧在哼着，哼着。他们没有办法，索性不睬，省得麻烦。这真是“最好之良策”，“最好之良策”。

在大家吃完饭之后，陈伯母便在灶间盛了一碗糊粥来，叫他的女儿——病孩的妹妹，到房里拿了一碗甜菜来，这病孩见了甜菜，便伸手去取。陈伯母忙说：

“不要给他！不要给他！他要拿手抓的！”

于是他的妹妹便站得远一些，他手伸不到的地方，而且脸上还起了一种嘲笑的态度和胜利的骄傲。

然后陈伯母便给他吃粥，他头摇来摇去不要吃粥，还坚持着“要饭吃”，但是这转、摇头，不过摇转了几下，便马上屈服，吃糊粥了。如此，知道他的不吃，不过是他怯弱的示威而已，哪里是真的不吃呢？

我一笑便走开了。

暗的房间，屋顶又高。房底有一张旧的八仙台，是两位老太婆的食桌。沿两壁搁了三张木架子床，没有蚊帐，有两扇高窗，上面都挂满了稻草和植物的种子，还有些洋铁罐之类的东西，满是灰尘。外面的阳光是不能从这种窗子射进来的。地是泥地，堆着许多瓦器如缸、罐及木盆，这便是那病孩整天整夜睡着的一间房间。

最近又新进了一位病人，一个十四岁的女孩，是病孩的姊姊。

这房内起了厉声的叫唤，不是他的外婆所能管的。因为这病孩手中所拿的鞋子，给他的妹妹看见了。这惯听大人命令的小女孩，起来便抢夺那双鞋子，他哪里肯放，死命抓住，口中连喊：

“娘娘给我的！娘娘给我的！要你管……唉！娘娘……”

他的健康有力的妹妹，当然是获得胜利的，鞋子夺了下来。虽然平时跟她很和睦的哥哥在狂哭，她却冷笑了两声，马上又狠起脸孔，恶声地自语，又像警告他的哥哥：

“告诉诺！一定告诉！一定告诉！”

一面说，一面便走出了房门。至于到底有没有去告诉给大人，我并没有注意，所以不知道。

不过这位妹妹的“告诉”的威胁当然也没有效果的。因为即使告诉了母亲或阿姨，至多不过骂几声，因此他才放心胆大地号哭了：

“啊……”悲哀而凄恻。

也是病人的姊姊，在另一张床上咆哮了！大声嘶喊：

“你这该死的！再哭？不告诉爸爸打死你！勿晓得一日到夜叫，又勿死！”似乎是烦躁得抑制不住，只好爆发了。

荣哥星期六来了，没有接到信，所以也没有购华福麦乳精。后来母亲到常州去带了半磅来。那天张春芳医生到新园来给我打清血针，又给王寿生先生打治疗肺病的针的时候，陈伯母便带问他儿子可吃华福麦乳精否，张医生说：

“这种西药（其实并不是药）我倒没有见识，不十分明了。而总之，吃西洋参是清补的。”

陈伯母又怀疑，我母亲为之解说总吃不坏的。陈伯母方才小心翼翼地每天给他吃半匙。我想分量太少，也不会有多大益处的吧？

最近陈伯母上城去了，是为了办理雇船到他们的故乡高邮去。孩子们便都在阿姨的管束下生活了。尤其是那病孩喊着：

“娘娘！娘娘！来呀！”我最觉不忍。①

但我又有什么办法呢？

陈伯母回来了，船已弄妥，不过他们要先到常州城里，然后再乘船到高邮去。今天他们收拾行李，预备今晚到镇上码头搭班船上城。至于缪家，还要住下去。

在傍晚，陈家大大小小出发了，我站在新园门口的石台上，望着他们的行列，走动着的行列。十四岁的女孩由他的父亲搀着走：那病孩伏在送他们的阿姨的肩上，望着后面。

远了，远了……在金黄的稻田中露出半个身子蠕动

① “娘娘”，常州话，即妈妈。

着……终至不见了。

一种凄恻的喊声，可怕的影子，也随着在新园内永远地消失了……

民国廿六年十一月一日

脱稿于前黄镇新园信用供给合作社

叔牟

我把它写完了，不过不得不提一句：我在这篇文章中对孩子父母的描写也许过火了一点，父母对子女之爱，是永远不能否认的。

城内不时遭日机轰炸，母亲回城去办理建造地下室的事。后又下乡一次，取了银行的存折及一些首饰回城。因为十月底大场失守的消息传来，母亲预备到城里收拾东西，以备敌人攻过来可以全家向西逃难。珑妹也回城了，所以留在前黄的，只有我和祖母两人。一日三餐是由杨先生家烧好派人送来，不用自己动手。我向杨先生借了许多书籍阅读，《科学大纲》等很有滋味。还有一本杨先生的自传手稿，名曰《雪楼自传》，是他在狱中写的，洋洋数十万言，读了，从此认识杨先生的为人。

有时与祖母互相讲故事，有时写点杂感回忆，生活倒还觉安闲。但是不时听见城内日机轰炸声，此间离城有三十六里，听见炸弹爆裂声很高，据说是重磅炸弹。此处乡间，消息迟缓，不知现在形势如何，心中很有些焦虑。

十一月初连日阴雨连绵，乡间道路泥泞，我终日闷在家里，不能出游。有兴即与杨先生或来笋姐谈天，或与祖母讲“一文钱”的故事。新园的厅上来了一架轧稻的机器，我又天天赶着去看他们工作。

三日之晚，我与祖母都已睡了，灯也熄了。突然房门嘭嘭嘭地有人敲起来，那门本没有门闩，用椅子堆起顶住了的。外面的人便把门推起来，椅子倒了。我急忙爬起，喊：

“谁呀？谁呀？”

心中非常惊惧。还好，是荣哥的声音。他手中提了一盏灯笼，后面还跟了“叔叔”，就是姑母，我们都这样称呼她。他们身上满是污泥，原来他们坐了一只船来前黄接我们回城去的。船老板是江北人，不认得水路，划错了路，总算到前黄，天早已昏黑。幸而在镇上借得一盏灯笼，但乡间道路泥滑，又都是田垄，一路走来，天昏地黑，又弄错几条路，总算摸到新园，已经大吃一顿苦头。二人忙点了煤油灯，打水濯足后入睡。

次日早晨，令舟子把船开到小寺桥旁，我们匆匆进了早餐，便要下船。那时杨先生正在生病，只有沈先生和他家的女佣红英来帮我们收拾，并且送给我们一餐午饭的菜米。在九时便下船，那时细雨迷蒙，船板上都湿了，舟子拔锚开船，渐渐地离开了小寺桥。只见来送我们的沈先生独自在迷雾中，树阴中，消失了。

天气阴沉得很，下着较大的雨，不过两岸的景物却极优美。我呆呆地望着在迷蒙中的远近前黄乡，默默地对她作最后分别的注目礼。

刚刚病愈的我，本不宜坐船的。这次不得已上了船，不

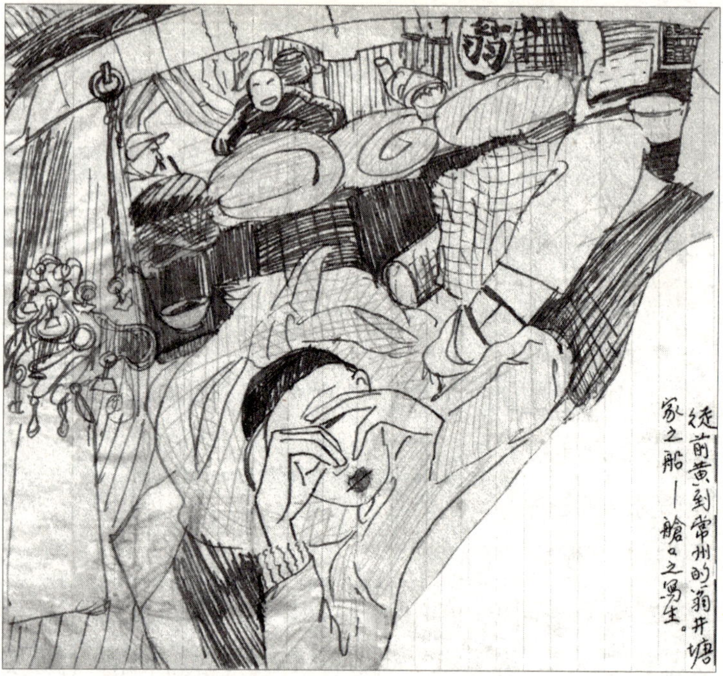

从前黄到常州的翁井塘家之船（舱口之写生。两手护眼的是我，方格布盖脸的是祖母，后面是翁井塘和他的儿子）（孟厚画）

到一小时，忽然头昏起来，晕船了！“叔叔”（姑母）便把铺盖打开，铺在船头——舱里尽是甘蔗，不能进去。船是从江北来卖甘蔗的，原本已被封去做战时运输工作。我们和轮业公会会长陈季良商量后他帮我们雇来的。别的船都封去了，休想雇到。——让我和祖母睡了下来。我午饭也没有吃，只是躺着。心中想呕，又呕不出，只得睡。睡又睡不着，痛苦极了。

荣哥在船头专做写生的工作，看见了桥梁或特别的船只，一齐收进一册写生簿。

我躺着一直未入睡，心中也并不感到和适。天已渐暗，船尚未进城，只开到塘河。我起来一望塘河宽阔若江，心中倒不禁为之一畅。逐渐地，天已全黑了，船进民丰桥，经民丰纱厂，进广化桥……奈何船老板是江北人，不认识常州水路，东问西问，才得跟了另一只船往水关开来，哪知到了水关，早已关了，不准通行。这使我们焦急了，商议结果：只得将船开到对岸码头，将祖母扶上岸去，我也上岸，雇了一部黄包车，祖母坐车，由我跟着走到家。母亲已睡了，急忙出来开门，付了车资。进来不一会儿，“叔叔”同荣哥也来了，我们便吃了一餐热闹的晚饭。

母亲又说：

“今日你父亲从上海来电报说：明日由上海放五部祥生汽车来接我们全家到上海去。但只好少带行李，因为人多车少的缘故。但我不知道你们今晚会回来，便回一个电报去说：勿放车来。”

我们听了，觉得父亲突如其来之至！又觉得错过机会，太可惜了！

第三章　逃难前

防敌机突袭的地下室，已经完成于我家庭园中间，共费大洋五十元。但因为这是普通泥水匠造的，没有专门技术，以致地底渗出许多水上来，竟有三四尺之深，我们努力排出水后，姑且搁了长板凳，人立在凳上，还可以。

我又到省常中去借读了，丁元生也在那边。一有了空袭警报，便下课，进地下室。差不多没有一课可以上全的。这里的地下室，是从前的一队工兵驻扎在这里时给他们造的，

常州中学地下室入口（叔年画）

常州中学大操场（叔年画）

可以挡得住五十磅的炸弹，地下也没有水，很坚固。

母亲到邮局寄快信，见湘铭在打电报。仔细一看，原来是湘铭代在奔牛的详姨打到湖北新堤修姨处的电报，十分之长。母亲便抄下了地址，回来写一封信给详姨说：

“你们如果西行，我们必定相伴……”

此后敌机又常来轰炸，我们因为惯了，惰性作用，似乎麻痹了神经，对于轰炸声，减少了恐怖感。

一日去访丁元生兄，他说：

“我的两个哥哥已安安稳稳地到了上海了。是乘的公共汽车，万无一失。因为那汽车全身泥土色，飞机不易看出。又有正副司机，及两名警察。有几个座位买几张票，不是乱抢的。而且总是两三部同行，若一部遇到了危险，第二部可载乘客至附近车站，再开一部出来。所以即使有何意外，亦不是绝对危险的。”

元生也预备到上海去了，我也很想同去。回来告诉母亲，母亲说要荣哥同去，还要请一个大人陪着，才放心。但荣哥不肯去，因为常中已宣告迁址宜兴，他一心要到宜兴去，所以当日这问题没有能够解决。

次日探知省常中迁址至宜兴的深山内，交通甚为危险，并且消息隔膜，邮件不通，荣哥才放弃了去宜兴的念头。丁元生来商量，决定由我们先到上海去，元生在去上海的汽车站上认识人，便请他先去购车票。

母亲心中还不十分放心，要想有一个大人伴着。那时恰巧听说王寿生先生——他是坐了十年监狱的共产党，干事很勤，思想激烈，是前黄杨先生的老友——由杨先生介绍于薛迪功先生的武宜汽车公司中做事。现在王先生要到上海去取他母亲的寒衣，我们想请他同去。我和荣哥到了武宜汽车公司讯问，说王先生已于日前去上海了。我们失望归来。丁元生于下午来说：

“这边汽车奉军政部命令（非交通部，因公路多运输军需品），已于昨日停开，因为最近松江沦陷，截断了路线，无法可施。”

上海去不成功。但元生讲宜兴也绝对不愿去。而荣哥似乎又恢复了上宜兴的念头。

母亲等待详姨的回音，心焦极了。

一日荣哥回来说：宜兴决定不去了。因为他的同学章育中预备到湖南去。同时又有一位昔日同学张泰吾，也要到湖南去。所以，我们也决定到湖南去好了。商定一同乘火车到镇江，然后乘轮船到汉口，再乘火车或轮船到长沙。现在只有此路尚通，其它毫无办法。而母亲以为最好有船到镇江，免得乘火车危险。但所有船只，均已被封，只好乘火车。三家都已商定，各自收拾东西。我家楼上楼下，都翻得杂乱之极。

但祖母不能乘火车，“叔叔”又不肯抛家远行。所以预到湖南去的，只有我们兄妹三人及母亲。祖母和“叔叔”暂时留家中，以后有机会再说。

深夜，有敲门声，一开门原来是元生兄。他不知怎么预备到宜兴去了，匆匆地来说一声，明天就动身。母亲要他同到湖南去，他拒绝了，与我握手而别。

十三日下午，章育中来我家说：已雇到一只民船。但不十分大，章家一家人上去了不得再添人，幸经再四说情，可将我们四人装入。至于泰吾仁兄，似乎不能顾及了。母亲虽以为好，但对于泰吾很过意不去，商量好久，有两全之策：即母亲、我及龙妹搭章育中之船，荣哥跟着泰吾家乘火车。但母亲又不放心，只好作罢。

决定十四日下午五时上船，十五日晨拂晓开船。

十四日上午，母亲命我和荣哥到厚生铁厂去提款，经理不在，提款不成。回家见三姨刘竹如——陈季良之妻正在和母亲讲得起劲，原来她家也预备到汉口去，跟母亲商量，她准备和祖母及“叔叔”等待下一批出发。母亲又叫我和荣哥到厚生铁厂经理奚九如先生家去问问，奚经理说过几天把款送来。荣又到章育中家去，我回家把情况告知母亲。

忽见王寿生先生在收拾书籍，还有缪师母的女儿也在。我很奇怪王先生怎么上海去了又已回来了？问了他，才知道他的汽车到了苏州，上面已下令不准通行，他是在苏州乘火车回常州的。

母亲又命我往新街巷致远里探望四舅舅屠公覆，问问他是否也预备远行。孰知四舅舅全家都避在北弋桥乡下，只剩寿官表兄在家。我与他谈了一会，知道他们不预备远逃，因为他家人太多的缘故。忽然电话铃响了，是舅舅屠友梅打来的，友梅舅舅一家要逃到李家桥去。我又在这里抄下了长沙二舅舅屠仲仁家的地址，及新堤屠仲方表兄家的地址，告别了寿官哥回来。

母亲在武进交通银行周敏之先生——彼即我家楼上之房客——处商请他汇一千元到汉口，后因我回来告诉母亲说二舅舅及其家眷皆在长沙，母亲又一个起劲叫我到交通银行去与周先生说明将款汇到长沙。到了交行，周先生说要拿图章来，我又回家拿了图章去盖过印。归途遇见觅渡桥小学女教师吴良仪先生，她对我说：昔日我崇敬的老师余宗英先生已到四川，并给了我她的地址：

重庆双桅子水沟 2 号。

午后，详姨屠详芝来了！那时我家尚未收拾妥当，正在赶紧收拾，因为马上就要下船了。详姨既来，母亲抽出工夫来接待。她到今日才来，因为她一直在李家住的。——她最近与李抱宏先生结婚。而我们的信是寄往她自己家里，她一直没有回家，最近回去见了信，才赶上城来。母亲和她商量的结果是：由详姨去雇船，同了祖母和“叔叔”西行。我们先走。

这时突然防空了，不一会，机声已轧轧甚响。我们都避入地下室。但听得飞机旋转了一下，便轰轰地投下了几枚炸弹，那声音特别响亮，我疑心在附近投下了炸弹。约有十余枚响，敌机又旋了一转而飞去，已是四点钟模样。详姨也回去了。

邻人渐传消息来说，是炸的西门怀德桥，而桥未炸着，却炸坏了五只船，死了好些船家人。因为近日有火药自怀德桥运到前线去，汉奸报告了敌方，敌机来炸。但运输火药子弹的船，已于日前开走了。

荣哥听说被轰炸的是西门怀德桥，便着急了。因为章育中家的船，就是停在那里的。于是连忙到章家去问讯。去了一个很长的时间，一直不回来。正在急等的时候，忽然四姨婆——陈季良的母亲来了，说是他们不预备到汉口去了，因为离家太远，又是大目标，必定要遭轰炸，所以不去。而预备到杨巷去，在溧水附近，那里有某人造了一所新大屋，给他们住。叫我们如果要去，可在明日回音。四姨婆还同了一个男子来的，说完急急而去。

当时我们也并不顾及此事了，只等荣哥回来。直到九时余，荣哥才满头大汗地回来了，原来那只船，因为被炸弹声吓慌，竟自己出了三十块大洋，叫一只小火轮拖到镇江去了。无法，荣哥到火车站去打听，说今晚十二时有一班客车到镇江去，我们便约了章家，在十二时之前集合到火车站，决定乘火车去。

形势十分紧张，箱子都用板扎起来，大小行李有九件，托对门长喜子——中医吴紫绶的车夫，叫了五部黄包车。那时黄包车真难雇到，因为所有的车子都被封了去，用作运输军火，或运送伤兵。有些车夫躲在家里，不敢出来。所以这几部车子叫到，花了九牛二虎之力，每部出了八九毛。时在黑夜，我们连同行李乘上这几部黄包车，便徐徐地向火车站行进了。王寿生先生骑了自由车送我们。我和荣哥合坐一部——是长喜子拉的。经过东横街口的时候，便到章育中家一弯，他们还没有雇到黄包车，说一雇到就来。我们仍旧上车前进，到博爱门的时候，见有几部空黄包车在回程，我急忙叫荣哥下去告诉章家，叫他们就乘这黄包车来，荣哥即跳下车子飞奔而去……

我们渐渐地近火车站了，只见远远的灯火很明亮。不到数分钟工夫，就到火车站口了。忽见火车站的灯火全皆熄灭，许许多多的兵士如蚁一般，逃出站外。我们的车子仿佛被围在兵堆中，好容易到了车站，车夫不管三七二十一将车停在途中，讨车资，母亲胡乱地付了一付，请王先生和长喜子慢走——原来防空了，放了空袭警报，我们都吓得心头乱跳。王先生说：

“现在月光明亮，我们都对着月光，恐给敌机一个目标，最好将行李搬到那边去。”

于是王先生和长喜子将行李统统搬到栅栏那边。我又同王先生去看火车站地下室，都简陋而污秽。只好坐在行李上等章家和荣哥来。又恐怕他们已来了，于是同王先生到站上喊了一周，没有。解除警报了，王先生和长喜子也都回去了。

等了好久，荣哥及章育中一家来了。他们的行李大大小小有四十件之多，我们只有九件，其它的还留在家中。

在站上又发现了张泰吾君，真巧极。张家有三四个人，即张泰吾兄妹三人，及他们的母亲。不过泰吾的哥哥是不去的，是来送他们的。

章育中的父亲章先生，非常和气，一天到晚笑着的。他还有一位三弟，是同来送行的。

站上的兵士真是多极了，来来去去的黑影。后来有一队兵出站，队伍真长极了，大概是广西军。有的兵只有我这样的年纪。

车站上的电灯亮了之后，便雇脚夫将行李搬到站台上，花了六元大洋。于是，我们便在站台上等火车了。章先生又去购火车票了。

这一晚，我永远不会忘记，火车等不到，焦急、恐怖，充满了我们的胸腔。

四周是黑暗的，一盏幽暗的灯，在北风中是模糊的晕光，照着站台上疏疏落落的难民。月亮从明亮到暗淡，精神从兴奋到疲倦。然而强的刺激是很有力的，我竟整夜没有合眼。一部火车开来了，人们都嘈杂起来，但是站长室内传出的消息说这是运兵车，难民不准上去。我们便都感到失望。但是我们还期待着运客的火车来。许许多多的兵士都陆续上车，我的脑中，只有那嚓嚓嚓嚓的不停止的脚步声。

一会儿，那部兵车开走了。在对面龙头房里，有一部起重机在起一个损坏了的龙头，烘烘的火光，轧轧的声音，也给我一个深刻的印象。

挤在站长室里的人多极了，问的人七嘴八舌，答的人茫无头绪，最后拒绝回答。我几次在站长室门口张望，然而所得的结果，都是莫明其妙！

没有多久，又有一部火车开进了，而且是和客车一式的样子。这次的哗动是厉害了，人们都提了箱子预备挤上那以为是客车的火车，但使人感到头痛的站长室又传出说这部还是兵车，而且不开赴镇江。我们绝对失望了！而且时间问题是天一亮敌机就要来的，如何办呢？商议决定到五点钟还没有客车来，便回家去吧。于是，我们便死等，有人说要这部车子开掉了才有客车来，但这使人失望的车子，竟一动也不动。

荣哥的表上已过四点了，我们绝望的程度，也已达到了顶点。母亲对行李感到麻烦，便叫荣和我到站外去雇黄包车来装行李回去。我们沿公路出站，只见两旁全是兵士；在黑暗中，哪儿雇得到黄包车，半天一部也没有，只得回原处。忽见一个分轨夫说：

“客车来格哩！快点……”

这话简直是平地一声雷似的！我飞奔到站台上，见母亲等已在准备行动了。但说要过天桥才能搭上火车，平时乘到上海方面的车子要过天桥，到南京去的不要过，现在战争时期完全两样了！人们各自拿了自己的小件，过天桥去。人挤得水泄不通，拼着命才挤过天桥；母亲又叫我挤回来，对章先生的三弟说，请他将行李雇脚夫搬。我说完后再挤过去。

所有的人都挤到对面站台上之后，却说警报来了！防空了！站上的电灯全皆熄灭，人们都骚动起来，乱哄哄的空气中，如有着恐怖的巨掌在每人心头摇撼着。我和母亲发现失去了一只皮箱，我便到各处去跑喊荣哥，没有喊到。母亲说还是站在原处不要动吧。

直到天已黎明了，没法，仍走过了天桥，回来。荣哥找到了母亲和我，他没有拿皮箱。失去了一只皮箱！唉！

至终没有看见任何客车。母亲决定回家去，便同了我和珑妹提了小件出站。到中途母亲又命我回车站去告诉荣哥说，叫他看守好行李，我回去叫黄包车来拖。但荣哥说章家预备乘火车去，火车快来了。我因为未见火车，决定还是雇黄包车回家。

我和母亲走到东横街时，见到几部空黄包车。母亲便叫了一部车子同了珑妹到火车站去拖行李。我提了两件行李，疲乏已极，也雇到一部黄包车，回到家中。

祖母等见我回来，非常惊奇，我把昨夜情形略述一遍，便和衣横倒在床上，休息疲乏的身体，没有一歇工夫，便入梦乡了。

第四章　风雨夜程

我醒了，不知是什么时辰，家人说，我睡着的时候，又有敌机来轰炸的。我没有听见。

但是，我又发现了下面一段事实：

当母亲和珑妹坐了人力车到车站时，火车已被兵士封去，母亲从车轮下钻到站台，见章家人、荣哥、张泰吾等都已上了另一部火车，所有的行李都已上了车。荣哥见了母亲，就说：

“快上来吧！快点！”

但母亲因为我已回来，怕把我漏掉，只好说下次再来，让荣先押行李到镇江去。因为章先生弄到了“护照”，到了镇江可免检查行李之麻烦。母亲和珑妹这才回到家中。

张泰吾也是一人押着行李到镇江去的。他母亲与吴家的三太商量说是无论如何可有一部汽车包送到镇江，母亲才放了心，静待消息。但到午后还没有眉目，母亲便请王先生到前北岸吴镜之家去问问看，王先生去问了也毫无结果。后泰吾的阿哥来我家说，不论私家车，公共汽车，一律被封。他说决定今天再到火车站去乘火车，每天总有一班客车，昨天兵多，今天可能兵少，可以早开。他说完就去。

母亲又请王先生到西门陈季良家去说，不论多少钱雇一只小火轮到镇江去可否。

天暗了，我又跟母亲预备到前北岸去望张泰吾的母亲，中途因防空折回。见我家来了许多亲戚，他们随后即辞去。留五姑姑预备为我们守家。

房客周敏之的家眷及吴紫绶家也要到镇江去，屋中又忙乱起来。

王先生回来说："小火轮无论如何雇不到，他们正预备到杨巷去，若你们要去，务请从速，因一点钟即要开船的。"

母亲谓既然如此，那么就请祖母和"叔叔"到杨巷去吧。祖母已入睡了，连忙起来。"叔叔"也忙收拾箱子，准备去杨巷。

但是，我们和周敏之家——吴紫绶家又不去了——这许多人和行李，黄包车只雇到三部，只得由祖母先坐着到西门陈家去，由平安跟着，再原车回来拖行李。我、母亲、珑妹三人先坐了一部黄包车到火车站去，周家慢慢再来。

三个人挤在一部黄包车上，进行着向火车站去的路程。心中是那么的彷徨，事实是那么的没有保障。在车子经过工兵筑路纪念塔之后，便进入那全部炸毁了的新丰街了。这也是意料中事，防空警报来了！前面闪着兵士的影子，他们四散倒卧。我们的黄包车进了一条小街，下车，付了车资，车夫拖了空车回去了，我们便向街底走去。那里有许多人家，但是没有一个人住在里面。我们走进一家屋中，那房屋已炸坏了一部分，有几个难民在里面。飞机的声音由远而近。我们随即卧倒下来，那机声给予我们的恐怖是何等深刻？我们都窒息地卧着，等待着死神的降临……屋内像是没有人，那机声大得可怕，转来转去的不走，街后的狗一直吠着不停，真讨厌。飞机去了，母亲和难民们谈了一会话。又同了我和珑到街口去探望了几次，但飞机声又大了，只好仍旧回来，伏在地上。在黑暗的空气中，每人连呼吸声都不敢大些。

恐怖的飞机声终于逐渐逝去了，没有给予我们一个致命伤。我们也毕竟走出了那条街，虽然几次的探望都没有成功。解除警报还没有响。母亲因为与泰吾的母亲约好，恐怕她在站上焦急，便匆匆地带了我和珑妹到火车站上。今天的情形大不同了！站上简直可说没有人，只有几个伤兵。静得非常。月光又较昨天更暗淡，现着凄惨的寒光。

母亲命我去找泰吾的母亲，我在冷清的站上寻了一遍，没有。便到站台上去，看见铁轨上停着一部露顶的铁棚兵车，有许多人在挤上去。我问旁边一位老婆婆：

"婆婆，这车是去哪里的？"

"是开到镇江去的呵！你们好上车的，我挤不上去呀！"

我连忙赶回叫母亲、珑妹去上这部车子。母亲也不说什么话，赶到站台上，我先挤上去，再抱珑上来，然后母亲再爬上来，车厢里有难民、有兵，人是挤得堆成山，立足都不稳。

刚站稳了，便发现敌机来了，并且放起照明弹来了！远远的一道光，在飞机上冒了一道烟，便熄灭了……接着那轧轧的机声渐渐响起来，我们心中又惶悚不已。一部分人已跳下火车，我也不由自主地跳了下去，母亲和珑妹也跳下车，茫无头绪地避入那火车站公园的假山上，那里很潮湿，离站台极近，这里怎么安全？这不过是自己骗自己罢了。

没一会儿，敌机去了，我们再想回到那火车上，却是更难了！车门口满是兵，我用了全身所有之力，总算吊上车厢的铁柄，上了车，珑妹由母亲抱起了塞进来。这时恰巧一个兵过来了，母亲正预备上车，给他一脚踢下去，母亲再三说对不起，救救性命，那兵说：

“前线成千上万的人在死，你们有什么死不了的？”

后来母亲拼全力总算挤了上来，但是一顶绒帽也丢了。

在如此的夜里，警报一直没有断，比白天更多。轧轧的机声，时远时近。我们是绝对不下车了，除非此车不开。至于飞机投弹，死就死，活就活，反正是这么心中一横，倒也没有什么了。但这死等不开的火车，却使人加了一层焦虑。

轧轧的机声中，天忽然下雨了。我们对下雨有一点欢迎，因为我们以为雨可以赶走敌机。但是那机声却格外响，到底这边已经是战区了。雨愈下愈大，没有十分钟，我的衣服全湿了，幸而是呢大衣，不致立刻湿到内衣。头上也戴了呢绒帽，不要紧。母亲和珑妹已被挤到另一个角落，不知她们要紧否。

火车还是不开。心焦极。

[illegible]的车厢，被雨淋湿了，在幽暗的路灯下反射出一点点斑斓[illegible]的小光。一个人影子徐徐射到火车厢上，影子后面又有一点光跟随动荡着，这是一个分轨夫的影子，他手里提了一盏灯。

车厢里有人大声问：

“喂！什么时候开车呵？喂！……什……”

“龙头都没有。要等南京的车子开来才开这部车子。南京的车子不知今晚能不能赶到。”

我们一半希望，一半失望地静静地等待着，等着南京开来的火车。

有一家人是到丹阳去的，等到这时还不开，便下车去了。又有许多人下车，车厢中已较宽松一些。

车厢中极脏，又是潮湿的。有些人用油布遮着避雨。

一个极长的时间之后，我们渴望已久的南京来的火车，毕竟进站了。于是我们又急望着自己的火车快些开出站去。二十分钟都过去了，我们似乎又起了疑惑，怎么又出了毛病吗？但心中尽管急，又不能自己开车，只有死等！！

我撩起大衣，坐在车厢的铁地板上。突然前面一声：

“嘭！”

我的身子也随之一震。

“龙头接上了！！”有人本能地喊了起来。

我心中突然宽松起来，一种长久酝酿着的恐怖心理，束缚着我整日整夜的恐怖，似乎得到了释放；一口几乎窒息的闷着的气，在胸中发泄了出来——火车开了！

在仿佛催眠曲似的车轮在轨道上的滚动声中，火车在看不出东南西北的田野中飞奔了。那永远不断的狂风，在每一个人的头上威胁着，威胁着……

别矣常州！我伸长了头颈望着将要与它长别或永别的故乡，在几盏混沌模糊的灯光中，车棚外显得异常的沉寂。但是我不知道是一种什么力量抓着我的心灵，使我对常州异常之畏避。仿佛那表面沉寂的城市中，隐藏着许多秘密的黑影，在活动，在蠕蠕地活动……一个将沦为战区的旧城，是多么的使人们心理转变得快，我对它表示惜别，又感到它将来命运的悲哀，虽然我对于离开常州的“正面观”是愿意的——综错复杂的观念在我的脑中旋转着。眼前是一片墨黑的无边无垠茫茫的田野，有时路轨旁飞过一根绿的信号灯，或是一根倒垂的扬旗。催眠曲似的车轮声，永无变更的重滞的车轮声，呼呼的富有威胁性的风声，以及“夜之音乐”综合地输入我的耳朵，成了一支大自然的“送别歌”。

不知什么时候，我终于入睡了。这车子每节是用铁索连系的，到站停车，两节相撞时“嘭”的一声，把我惊醒，是丹阳了！丹阳站上也是黝暗的，只有朦胧的几盏灯，显得异常惨淡。我昂着头望前面，只见龙头里面的灯或炉光照耀着冒出的极浓的白烟，异常光彩夺目。突然前面“嘭”过来我知道不对，急忙去扶车壁，早已“嘭”的一声，我身子几乎摔了一跤，幸而后面有一个铺盖，坐在上面，没有什么要紧。车又在飞奔了。

将近镇江的时候，东方已起了鱼肚色，天色在雨雾阴霾中展开淡薄的光明了。长蛇似的火车蜿蜒地进入山丘中，这种风光我是第一次见到。在晓风中，我昂然地抬起了头，向前面望着。我心中想起了自己已进入了安全地界，我很想笑，不过没有笑。在车厢中下意识地踱了两步，又伏在车棚上看风光。

母亲正坐在藤篮上，她自己的一件绒衣却披在珑妹身上。母亲知道大家饿了，便拿出家中带来的酥饼给我和珑妹吃，也给身边同车的难民分吃。我愈吃愈觉得饿，一连吃了好几个。

天已渐亮了，雨也细了。车过镇江站没有停，直向镇江西站进发，沿途的风景很好看，许多高山丛林，是我第一次在火车上见到的。虽然我曾经过的沪杭甬铁路两旁也有许多山，却是很平凡的。车进山洞了，突然一座城门似的向后一退，眼前全黑了，车轮的转动声变得特别隆隆响，几分钟之后，才出洞，恢复常态。

这山洞过后，没有多久，便在一个站上停下了。

“镇江西站到了！”许多人这么喊着。

第五章　风尘中的省会——镇江

镇江西站上有一种不可抑制的朝气，这是十一月十六日的早晨。

醒了一下头脑，一骨碌跳下车厢，跟着其它难民越过天桥。在天桥上，俯视下面，我们的那部火车，载的全是服装非常破烂的兵士，车板上面铺了稻草，有的几节，根本没有车厢，就是一块板，只有我们一节有难民。我们过了天桥，便到站上，有一个收票的人来说：

“车票呢？”

我心一跳，假痴假呆地提了小箱子走过去，母亲携了珑妹也一句话不说溜了过来，后面一个女人却提高了嗓子：

“我们都是难民，饭都吃不饱，还有什么车票？”

这样许多人都混了进来，那个收票子的人，一无办法，只好瞪眼。

到了检查行李处把一只小箱子和一只藤篮给查了一下，立刻就过去了。忽见一个人拿了五洲旅馆——这五洲旅馆是前夜荣哥走的时候说明住入的——的牌子在人群中钻来钻去，我连忙提醒母亲，母亲便唤了他来，那人说：

“有两个少爷在旅馆中着急死了，章先生昨天又走了，你们……就是……”

我们也猜不定，便拿了他的牌子。雇了一部黄包车乘着到五洲旅馆去。

镇江的风光，使我意外地对它发生好感。宽阔的马路，两旁碧绿的树木，清静的别墅式的屋子，在这有薄雾细雨的早晨！

走了约半点钟，便到了迎江大马路五洲大旅馆的门口。一停车，便见荣哥和张泰吾已在门口，他们好像很兴奋。但泰吾见他的母亲没有来，便不行了，他的性情是很躁急的，一是受了昨日章育中家自顾自先走的刺激，昨日一夜提心吊胆地望我们来，而今天泰吾的母亲仍旧没有来，又是一个刺激，他真要发怒了。但或许还有希望吧，幸而他没有发作起来。

我们进了房，吃了几块饼，还不够饱，又到外面馆子里吃了一碗面，买了一包包子，带回来预备上船去吃。回到旅馆，我脱去了湿透的大衣，身上虽感到一些冷，但是觉得轻松了许多。

母亲和荣哥到中国旅行社打长途电话到常州交通银行的周敏之先生处，说明昨晚的情形，并说今日此时等你们来，而周先生说他的家眷跟吴紫绶家到乡下去了，便把电话一搁走了。母亲心中很焦急，因为我们的钱都放在交行，与他做了冤家，颇危险。但一无办法。我又忽见昨日失去的小皮箱已被荣找到了。

疲乏已极的我，照例和衣睡了。睡得异常酣。这一觉一直睡到下午三时多。

醒来后，知道船票的钱都付了，是章老先生——章育中父亲的三弟，他明日还要回常州去——和旅馆里的老周去办理的。事情妥当之后，母亲忙拟好电报打到湖北新堤去：

“湖北新堤西桥巷三号屠仲方　顷于十七日瑞和轮到汉乞接　屠成俊”

随后整理行李。张泰吾的脸色是苍白了，他那十几件行李的钥匙都在他母亲身上，自己又没有一个铜板，幸而楼上有他的亲戚——即觅渡桥小学的钱轶群家，我见了钱颂鲁，知道他们要到江西庐山牯岭去——否则他那小小的肚肠，包不住要急断的。

我的心中似乎对泰吾表示惭愧，母亲也是同样的意思，但逃难时有时连自己的骨肉都顾不全啊！

天黑后，五洲旅馆的门口灯火明亮地出现着许多活动的人形，我们的行李都搬出来了，那位买办式的老周，面孔红润，在前后忙着唤脚夫，没有一会儿，脚夫来了好几个，都用特有的技能把箱子很简便地扎了起来，我负责押了一担行李到码头去。

在夜的灯火辉煌的马路上，我们的行列是先后地行进了，在湿的宽阔的马路上约走了二十分钟的时候，便都到达了镇江的普济码头。大江在前，一根根的桅杆排列在江面上。凛冽的江风很不客气地在每一件东西身上作猛烈的打击；马路上的沙尘附和着它在地上跳几个旋身舞之后，便刮剌剌地跳进人们的眼睛或是颈项内了。我的眼眯成一线，望着宽阔的江面及烁烁的渔火，江面在黑暗中是静的，远远似乎罩了一层灰色的迷网，呈现着富有诗意的长江夜色。

我们的行李，都被搬下码头，在没有一丝光亮的黑暗中，我们跟随着脚夫在曲折高低的回廊似的码头上走着。走到一个地方，脚夫把行李放下，喊来了一只小船，叫划子，原来还要把行李搬上划子划到轮船边去。那划子在大江上，简直如蚂蚁一点，尤其在江浪中，含有万分的危险。

回廊似的长码头，两旁都是栏杆，没有开放的地方。箱子等都从栏的上面搬过去，母亲、我、珑妹先后小心翼翼地从栏杆空隙处钻了过去，上了划子。船家婆的两支桨便划动起来了，但当我们发现荣哥跟他押的行李还没有上来时，便大声喊船家婆停下，她似乎没有听见，划子在江面打了好几个旋转之后，在另一个码头上载上了两位旅客，又回到原处，把荣哥、老周及行李载了上来。

黑暗的江面上有一只很不惹人注意的小划子，慢得仿佛是在偷偷地向前行进了。

第六章　浩渺的长江

我的头伸出划子舱外，只见刚才的码头处，一片灯火点点地闪烁着。同时在每个亮点下的水面上，起了一条绉的银波，微微地摇摆荡着。再望着它的对方，完全是一片灰色的迷茫，苍苍地，这灰色中，蕴藏着伟大的长江，包含着滔滔汩汩浩浩渺渺的亚细亚第一大水——长江的一切。那和平地用灰色来表示一切的"造物者"，我极端地佩服他崇高伟大的艺术！神圣的艺术的艺术！

江面上发现了几只轮船，都灯火明亮地停泊在那里。我几次以为它就是瑞和轮，一：因为船家婆几次说快到了，快到了；二：时间差不多过了半个钟点，还有，这么大的轮船，似乎有"是瑞和轮"的可能性。

又划了一个很长的时间之后，真正的瑞和轮的灯火，才由远而近，由近而在眼前了。划子先靠近趸船。我们都要越过好几条趸船，才能进轮船。我们押着行李，跟了那红脸大胖子老周，走过了三四条铁皮小船，到了一只较大的宝和号趸船，再过跳板，才上了瑞和轮的边廊。一股浓烈的"阿摩尼亚"气很不客气地窜进我怯弱的鼻管，这是瑞和轮给我的第一个印象。

我们又跟着老周进舱了，在明亮的电灯下，许多流氓似的水手在搓麻将、喝酒猜拳，尤其使我感到心悸的，是每一个水手、茶房，他们的面孔尤其是他们的面部表情，是多么的可怕恶辣！同时，一种热烘烘的空气，包围在我的四周，一种说不出的酸臭，侵入我的鼻腔。满目又是龌龊浪漫阴刁凶狠的人脸。我感觉到自己已进入了世界中的黑暗网。这是瑞和轮给我的第二个印象。

老周领我们到了铺位前，突然几个茶房一围上来，因为我们是定的一个铺位，买两张票，一个茶房把我们的人数一点，便险恶地嘿嘿冷笑，说：

“怎么？四个人？”

老周似乎表示歉意，红胖的脸上，显出了笑容，接着又咯咯地笑了两下，把粗硬的手在那茶房的背上拍了两下，便像是要求似的说：

“喂！老朋友！这，帮帮忙啦，哈哈……”

老周瞥见对方不快活的神情，呆了半天。忽然回过头来，目光四下旋转，最后毕竟将那视线射在我身上，我却莫明其妙，老周的厚嘴唇拆开了：

“这，小把戏啰！哈哈！”

突然的：

“小把戏啊？小把戏啊？……小把戏啰？小把戏啊？……小把戏，小把戏……把戏……小……把……小……把戏……小……？”

我忽然感到极度局促，脸上一阵热一阵冷，头不自主地低了下来。但我又忽然想到这种怯弱的行为，在大庭广众之间，很羞。便又决心地把头昂起，这又令人难堪了，一个瘦小的小眼湖南佬，锐利阴险的目光正射在我脸上。我心中一怔，正想装些假痴假呆的神气，那湖南佬却对我会意地一笑，我心中犹似被射了一箭……

我又忽然注意到，缩在铺内的母亲很怯弱地在求老周：

“帮帮忙！帮帮忙！”

声音似乎发抖了。我心中又是一酸，我从没有听见母亲说出这种悲哀的声音，我感到一种说不出的力量在压我的心，在用力地压着我的心，我脑中含糊地混沌地隐约地听见湖南佬的阴笑的骂声，接着又是一片好似对骂的叽叽咕咕，湖南佬的声音是最高了，我似乎失去了知觉，几乎昏厥了。

最后买三张票，定两张铺。平常买了票不要再出钱定铺，而现在完全是敲竹杠性质。这舱原是在船头里，中央有一个抛锚的机器，两旁都是铺，我们的铺在左边。本来这些铺都是水手自己住的一种鸽棚，现在他们让出来租给旅客住，钱向自己荷包内塞。我们的三张票，始终没有到手，因为船票要到船主外国人那里去拿，现在他们把票钱自己拿去，只口中说包送到汉口，至于洋人来查的时候，他们自有对付办法。我们的茶房，就是那湖南佬丁家俚老丁。我们的行李除了一只藤包外，都交给他放到一个货舱里。事妥后，我们便把被子铺在鸽棚内。此种鸽棚共有三层，我们定的两个，一个在下层，母亲和珑妹睡；一个在中层，我和荣哥睡。

啊哟！我惊奇了！铺内竟有无数臭虫、瘪虱、蟑螂，无意中手一摸，无数的小动物都触着我的手指，我连忙将手缩

瑞和轮火舱（民国廿六年十一月二十日于瑞和轮火舱中写生）（孟厚与叔牟合作画）

回来，已有许多虫落进我的颈项内！这舱内因为永远见不到阳光，所以产生了许多这类东西。

我和荣哥都感到铺的窄狭，挤得不能够舒服地呼吸。但睡魔的来临谁也不能拒绝，我们便在没有家中床上舒适的地方，迷糊地入睡了。但是，不知什么道理，一夜竟没有好好地入睡。每一惊醒的时候，嘻嘻哈哈搓麻将吃酒的声音便突然地跳进我刚有听觉的耳朵！

船中很有许多人的面孔似乎熟识，或像我所熟识的人，真奇怪。有一个对他手下的水手很凶的光浪头，面孔极似耀青——常州冯家村上之亲戚。丁家俚远看又极像发怒时的张泰吾。有一人像吕荷生先生。一个受了伤的常熟后方医院院长像吴紫绶；他的佣人像沈慕云。还有许多人记不清了——真希奇之极！

当夜船并没有启航。天明，我和荣哥起身后，便到船边走廊上去赏识第一次见到的长江，真是伟大无比。不过有一点使我感到不满的，是这长江的水是土黄色。我记得我幼时跟父亲乘轮从上海赴大连时，在宽阔的甲板上站着父亲和我，我小小的眼中看到的是茫茫的伟大的绿色的海水，那在我现在的观念中，似乎比这黄土色的长江水，要有意思得多呢！

我们走回舱来，这舱里的铺位在昨日就已宣告客满，而现在看到的真是琳琅满目：地上，箱子上，铺边，楼梯上，楼梯下，都有人把席、被子铺了起来，自已睡在那上面。同时还有许多落后者，正在匆匆地搬进来。这些茶房收的一笔钱倒的确可观了，我这样地惊叹着！

忽见丁家俚气喘地奔进舱内，四面望了一下，便又匆匆地跑到我们这里来，定了一下神，又沉思了片刻，便似乎毅然地张起了一张嘴，脸上仍现着烦恼的样子，对母亲：

“对不起！请你出来，搬到那边一只铺上去……呃……”

母亲很怒，皱了眉正想办法回话，丁家俚又抢着说：

“不是别的，因为那家人家有小孩儿，有小孩儿，小便爬上爬下的，呃，呃，实在对不起！……”

丁家俚脸上没有一丝笑容，额上的皱纹又加了几条，渗出了一粒粒的汗珠，他顺手在额上将汗一刮，向地上一洒，似乎在等待母亲的回答。

母亲不知怎么的，大概是想到人家的确有小孩子，便说：

“好好好好！”

母亲下了床，丁家俚脸上起了一个狞笑，随即迅速地将母亲的被子搬到我们的前面一个铺位内，胡乱放了一下，便飞奔出去了。

没一会，丁家俚便领了一班人来了，人真多，一片喧哗，铺被呀，讲价钱呀，忙这样忙那样，还有许多嚷着的小孩在玩，我感到头痛，便又走出去看江景。

回来时，水手们在吃午饭了，我忽然想起买票时说明供给茶饭，以为他们吃完了再开饭给旅客，肚子倒确实有些饿了。

但是，等他们吃完之后，却一点动静都没有。闹的人当然不只我一个，但一阵空吵之后，丁家俚一个冷笑，阴刁地对大家一瞥，眉也皱了起来，便说：

“船开了吗？要等船开了，我们才供给茶饭！”

说完就走。

后面桌上坐着这舱里的头脑人物，他从没有开过口，这回又是那副吃人相。但似乎有一丝得意的从未有过的微笑，流露于那白多黑少的邪视着旅客的眼睛下。一只右手托了头颅，中指与食指间夹了一支雪茄，有时便提过来吸一口，吐出一种令人欲呕的烟气。

回头过去，见许多饿肚的旅客正在大嚼其面包。同时又见母亲在从小贩那里购得好几块面包,我当然也要大嚼一番了。

疲倦似乎很容易上我的身，既然没事，便又爬上鸽棚，似睡似醒地来度过这很不容易过的日子。

突然，我听见张泰吾的声音，便直跳着竖起身来。张泰吾也来跟我打了招呼，我睡眼惺忪地问他怎么会来，原来昨天他的母亲跟妹妹就是乘我们后面一部客运火车从常州到镇江的。吴镜元家也来了，还在镇江。他们等待德和轮，住大菜间。

现在泰吾等是住在楼上的甲板栏杆旁，尽吃西北风。但他们船票倒是有的。

十一月十七晚十二时，瑞和轮毕竟在众声催促之下，拔锚开船了。开船时我正睡着，突然巨声：

“轧轧轧轧……”

惊醒了浓睡中的我，我醒了一下，对这种机器声感到好奇，便伸出头去观看，只见舱的中央的机器在转动了。一个年纪很老的水手在操作。许多极粗大的铁链被机器从一个洞外抽了进来，舱内迷漫着烟雾，忽然铃声一响，是甲板上水手发出的信号，老司机便把机器上的铁棒一掀，机器立刻停止转动。没一会，铃又一响，老司机把铁棒一拨，机器又转动起来，这么好几次之后，作了一个长时间的转动，最后那粗铁链上见了红色和白色，许多水手都奔去站在铁链的两旁，机器停了，随即反转起来，两旁的水手便将铁链搬出洞外，在铁链上重新见到红色和白色时，司机便用一个大铁杵将机器撞了三四下，发出了红色的火星，机器顿时停止转动。瑞和轮开始在长江中乘风破浪地前进了。我心头一松，便很快地入睡了。

第二天早晨，我一醒就起身到边廊去看长江风光，又较昨日多开眼界了，我一枝秃笔不能形容其万一。

时间一点点地过去。船上供给的米饭是硬得无可形容，据说是烧饭不加水的。但是饭还是来一桶空一桶，抢得不可开交。我平时总吃两碗，现在忽然增加饭量，竟吃了三四碗之多，还是白饭。菜是简单无味，至多两种。而肚子似乎饿得非常之快。

却有一件事不行了，只进“货”不出“货”不是生意经，荣领我去的厕所，第一次赏识，一些“货”也没有排出。后来那交通要道的边廊上堆满了行李，连走过去都不可能。幸而在舱中遇到一位常州同乡刘兰，他指点了楼上一间厕所，抽水马桶洋草纸，很清洁。我去了，第一次没有排出干结大便。我三个不相信又去尝试了几次，总算不辜负了我的勇气，终于排出了几块硬屎粒。最后一次，被茶房发觉，我并不是大菜间内的客人，被撵了出来，我心中又怒又羞，看见厕所门上写着一行英文“gentlemen only”，只得走出来。原来一位戴黑眼镜的绅士等了半天，拿茶房出气，茶房找到我，嘿！

单单我们的舱里，就发现了许多同乡，刘兰刚从之江大学毕业，到镇江女子师范同他妹妹一起到汉口去，自己还要到广州去做事。又有一位朱先生，是常州大资本家，一家有八位，连同女婿来的。他们在舱内非常挥霍，显然是来迟了，否则还不是官舱，大菜间吗？还有几位是荣哥县中教师张立三先生的家眷，及音乐教师黄晓三（似乎不是常州人，但说常州话）先生。

杨佛康是个极顽皮的小孩，他一家就是住在我们下面的铺内。而他母亲却与荣哥谈湖南教育的事。有一位被炸伤的后方医院院长，在舱内很受别人的敬重和慰问。

船过南京（没有靠埠）、芜湖、九江，立刻可到汉口了。在舱内忽来了三个武装军人，都是中央军校毕业的。其中有一个年龄大的少校，见了我们态度非常和气。谈了好久，才走出舱去。

二十一日的早晨，有许多人已把铺盖扎打起来了。舱内渐渐紊乱了起来。母亲是主张镇静的，所以我们的铺盖，等大多数人家打好后，从容地打。

昨日的那位少校又来了，与母亲谈了好久，并且介绍他的一位朋友（就在我们铺位的隔壁一铺）到汉口时照应我们，母亲表示非常感激。但我们看那位朋友，并无热心表示，心中不禁为之一冷。

最后我们的铺盖也由丁家俚打了起来，酒钱给他两块大洋，他叽叽咕咕，表示非常不高兴的样子。

许多旅馆招待也不知如何而来了，那少校的朋友是要到泰来栈去的，我们却决定和张泰吾家一同住中和旅馆。

时间一分分地过去，终于快到汉口了。母亲命我到船的边廊上去望着看，码头上如果见了仲方表兄，就引他进来。

我走到船沿，远看着汉口风光，许多高楼大厦，呈现着伟大的建筑美。

船徐徐地靠岸了，舱内发出了轧轧轧轧的抛锚声，码头上的脚夫拼命拉着从船上甩下的铁丝绞绳，套在一个铁墩上。船一靠岸，码头上的人上船，船上的人上岸，船楼上也架了梯，交通起来了。但我目中的人——仲方表兄却寻了几十遍也没有，只得失望地走进舱来，舱里已经一空，走去了许多人。母亲见我没有遇见仲方，便命令荣哥去找中和旅馆的招待陈金山。陈金山是老头儿，自己拉拢了许多生意，却没有脚夫来挑行李，被一个奸相红眼佬打了好几个嘴巴，那红眼佬极坏，是到四川重庆去的旅客。最后陈金山总算叫到两个脚夫，让一个挑我们的铺盖和小箱子，叫我先押着走，母亲和荣哥还要同丁家俚到货舱里去取大箱子。

我负责押着行李，跟着脚夫出了瑞和轮。脚夫走得极快，我跟不上便跑起来。码头是一条极长的木桥，长江的水已经退了。

“在汉口了！”我叫着。忽见脚夫走得远了，连忙提起腿跑上去……

第七章 大都会中之彷徨者

“钟！”我忙回头，见荣哥在唤我。他追来给我一串钥匙，说若要检查行李，便开给他们看。但后来并未检查。

走到了江汉关的前面，伟大呵！河街与江汉路的交叉点，马路之宽阔，从未见过。新式的建筑，幽静的树木，是罕见的。但随即转了江汉关的左湾，进了河街下段，房屋是比较差了，街路也是石板所铺，不是柏油的；这颇有点杭州风光。尤其到了中和旅馆，很使我失望，原来是个并不十分好的旅馆，固然也不见得过于下等。门口就与镇江的五洲旅馆差得多。我们的行李都堆在门口的衖堂里，我在静静地等待母亲等到来。好久，忽然发见张泰吾的母亲和妹妹已在客厅里，泰吾还没有来。我们又等了许多时候，不耐烦了，我便走出去望望，还不见来，又进去。却见母亲和荣哥已在与泰吾及他母亲讲话，我心中奇怪之至。

腹中饥饿，泰吾一家出去吃饭了。母亲把行李交给茶房之后，便同了我们向门外西面走去。那里饭店林立，我们过了好几爿想进去，后终于进入其中的一家，店伙计招待我们里面去坐，忽见张泰吾家三人也在里面！希奇！湖北的菜，多少总放些辣的，我们都声明不要放辣，但烧出来的东西就不知什么味儿，淡不淡来咸不咸，肉圆子像腐烂的，总之，全不合江苏人胃口，怪不道人家都说江苏人是舒服惯了的。

回到旅馆，便住进了三十七号房间，铺也打开了。我暂时休息了一下，便同了荣哥到江汉路一转，回来突然牙痛，痛得天昏地黑，到了晚上，叫茶房购了一瓶立止牙痛水，用上也没有多大的功效，后来便昏昏入睡了。

第二天牙痛才好了。这次我对牙痛表示非常恐畏！

这天我和荣哥在瑞和轮上完成了一张瑞和轮火舱的写生，住进中和旅馆后又完成了旅馆内房间的透视图，以留纪念。

忽然发觉早一脚走的章育中家也在这中和旅馆内。荣哥

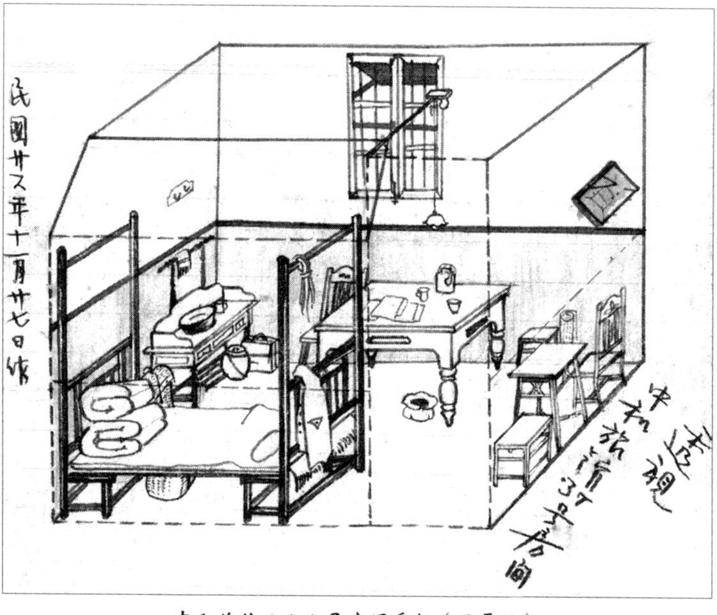

中和旅馆三十七号房间透视（孟厚画）

和泰吾去看望了好几次。育中在汉口有亲戚，白天都在亲戚家，到晚上回旅馆睡觉。我每天晚上只见章先生一副嘻哈脸。

报纸上的消息，使人头痛，尤其是《扫荡报》，据载敌军已占领吴县，逼近无锡。张泰吾一副愁面孔，似乎绝望已到极顶。

第三天的上午，我们闩好的门突然有敲门声：

“笃！笃！笃！”

我们当时莫明其妙，怎么有人来找我们？待门一开，却见一个戴黑边眼镜的同了一位少年走进来了。仔细一看，原来就是仲方表兄！母亲喜得跳起来，仲方堆了一脸笑容，又很疲乏地说：

“汉口所有大小旅馆通通寻过，三弟——即他同来之少

中和旅馆三十七号房间内（孟厚画）

年——也跟我跑，嘿嘿！总算找到，不虚此行！”

我想他倒真有点本领了！

母亲忙去叫菜，并命荣哥去买了三包干点。

仲方这次来汉口，误了上码头时刻，故大吃其苦头。但还有一个人——慧兼，是我的大表嫂，也从芜湖乘宝和轮要来汉口了，当然也要去接她。至于到新堤去的船，平时隔日有一班，现在因国府移驻重庆，船都调去运输了，所以要隔好几日才有一班，而且无一定日期，要打听到才有。仲方来交谈到天晚才离去。

母亲因为听说新堤生活程度低，才决心到新堤去。但有一千元大洋从常州汇到长沙，现在既不到长沙去，那一千元仍要改汇汉口，但我们到汉口交通银行去一问，说不可以，因为汇票上写的是“留交”，必须本人去拿，不能汇来汇去的。然而母亲并没有因此而改变到新堤去的念头。恰巧章育中家到长沙去了，母亲便托他到长沙去交通银行问问款子到底汇到没有，因为恐怕周敏之拆烂污①。

每天在旅馆内等待到新堤去的船。陈金山一直说没有船。母亲又挂念祖母和“叔叔”不知到杨巷否，父亲又在上海“老定心”，心中焦灼之极。我和荣哥抱乐观态度，因为悲哀是徒然的，便常常劝慰母亲。母亲有一次又像开玩笑又像正经地说：

“这真是‘旅馆叹凄凉’啊！”

《扫荡报》的消息是令人惊骇了！无锡开始血战！

第五日的上午，张泰吾家与别人合雇一只小火轮去长沙

① 拆烂污：南方方言。比喻不负责任，把事情弄得难以收拾。

了，抛下了我们。

我们探得这天德和轮到汉口了，便到码头上去，希望碰到两个同乡，但等了半天，一个也没有。后来总算碰到一个老太婆及小女孩，据她说常州东、西横街、大街都被轰炸几乎烧光了。我们慢慢地走近趸船，从德和轮上下来的人多极了。忽见一个人，是泰吾的阿哥，荣哥见了，忙对他说泰吾等快要走了，泰吾的阿哥听了连忙飞跑回去拿行李，又把行李放在码头上请我看守，荣哥便同他去找泰吾等。我便和母亲、珑妹在码头上看守行李。一个很长的时间之后，忽见奚九如伯伯——厚生铁厂的老经理——和他的女儿来了，他见了母亲，便说道：

“你是不是来接子展的？”（子展是我父亲蒋骥的字。）

母亲说他在上海，并不是来接他的。只是来望望，恐怕详芝会同了祖母等来。但九如伯伯说：

“我在镇江碰见子展的，他意思中似乎仍预备回上海教书。你们老太太和二小姐大约到乡下去了。”

我们听了，大为惊奇。母亲还要问，他说：

“到交通路生成里可大棉布号来。”

我们等荣哥还不来，又闻父亲既已到镇江，怎么还回上海去教书，岂不发痴？怒而急……

最后荣同了泰吾的阿哥来拿了箱子去，他还说常州城内满街是死尸。

饭馆内母亲将荣哥骂一顿。

饭后连忙找到交通路生成里可大棉布号，母亲去讲话；我跟荣哥转到生活书局、中华书局等去参观，并购一本《未来大战中的国际间谍战》看看。我们慢慢地走回中和旅馆，仲方表兄已等了大半天，说：

“有一只船要到新堤去的，票子已打电话去买了，快些快些准备！”

于是，捆铺盖，整行李，算账，付酒钱……急忙雇四部黄包车，“顿登顿登”拉到湖北省航业局一号码头，一看船已开了！仲方去问了三遍，船确已开了！唉！只好拉回，想换住到一个湘汉客栈去，但仲方去探知这是一个黑店，我们仍回中和旅馆，嘘！

使人纳闷之极，父亲回上海，祖母等失踪，船误期，常州城将失陷，以及我牙痛……！

无聊之至！只有荣哥同我去逛汉口的马路，附近的路差不多都走熟了，银行邮局等都认识了。有一次不知瞎走到什么路，经过一个市政府似的公署，里面有个花园，我们便随便进去玩，见有许多好玩的喷水池。后又在一十字街头看见一尊孙中山先生的塑像，这里还贴了许多抗战的标语。有一次在洞庭街上见到一个洞庭村住宅区，原来有父亲一个姓陆的朋友住在里面，母亲去看望了一次。一天，逛到一个地方，极像在上海的大世界游乐场……

逛马路只顾逛，心中总不十分自在：我们住的旅馆每天要付三块钱，我们没有生财之道，钱总有用完的时候，这似乎又是一层笼罩在我们心头的恐怖。

我们每天起身就把铺盖扎好，恐怕今天再误船期，茶房进来打脸水的时候，看见这情形一定奇怪。

母亲又买了许多吃的东西，预备到新堤后，送送亲戚。

廿五日的晚上，荣哥买了几本《飞鹰》摄影杂志，被母亲骂了一顿。

廿六日的早晨，我们一早起来，便照例将铺盖打好，出去吃早饭，买《扫荡报》，报上说是敌兵已打到无锡周径巷。

回到旅馆，颓然坐下，没有半句话可说。又下意识地站起来，把门环弄了两下，又颓然坐下。忽然我灵机一触，便在箱内抽出了那篇在船上未完成的稿子，把文章一口气写完。

塑像的末日①

战争状态布满在龙门镇，天空中飘荡着疑云，大地上飞扬着沙尘，农家逃难的驴车之轮在滚动中，给人类遗弃了的塑像在默默地站着。

弓形的阴德桥之旁，站着一尊高大崔巍的塑像，面目是雄伟的，四肢是有力的，金发长三尺，红袍长一丈。大的风使他散乱的头发飘拂着，大的风使他的巨袍拂到他的后脑。他回忆着往日的情景，往日他金碧辉煌的躯体，往日优雅美丽的环境。

当他初出世的时候，落日金黄的光线照射到他的脸上、身上；归鸟的黑影在他脸上、身上移过。他没有动，水漾的目光注视着西方，严肃的躯体威严地屹立着。

他的下面是悠悠的绿水，是流动自如的悠悠的绿水。河

① 本篇系回想前黄时之景，塑像为虚构之物。本稿后来于一九三八年抄贴出版于上海中学墙报《烽火》半月刊时修改过。

流图案似的波纹里，蕴藏着岸上树木花草之倒影，是那么的天真、自然，没有真情实景的拘束、刻板。鹅鸭在水面上云游，鱼虾在水下面嬉戏，一切都是自然的反映，没有一点虚伪，没有丝毫谲诈。——塑像是爱水的。

他的上面是伟大的天空，蓝色的，崇高的，洁净无疵的天空。那上面有时飘浮着辉煌璀璨的云霞，变幻无尽层出不穷的云霞；有时飞翔着天真自由的鸟雀，有翠鸟、白头翁、喜鹊……它们是蓝纸上的黑点，是绿水上的浮萍，有的平展着躯体，有的振动着翅膀，有的唱着玲珑的歌曲，有的谈着呢喃的情话。这些，都是大自然的起点，大自然的枢纽，大自然的主体。——塑像是爱天空的。

他的四周是清洁新鲜的空气，是茫茫无际的金黄色的田野，这里藏着农夫的血汗，牛儿的辛勤，是人类唯一的生命线——“稻”的颜色、光泽。光明的黄色前立着，和平的绿色做后盾，含有叶绿素的植物，星罗棋布地散在周围，那是美的、艺术的、成功的点缀。——塑像是爱这稻田的。

他的后面是东方，沉重的铅色困住了的东方。远处有崔山屹立，那是个似雾似云的蓝色馒头。光明是需要期待了。

他的前面是火团似的太阳，煊红的光线，晔晔于西天——玛瑙翡翠钻石白玉，姿态玲珑地环抱着一轮巨大绯红的火球，峥嵘璀璨，金碧辉煌。变幻百出的霞云，或似跃马，或似飞龙；熔熔若炉火，清明如水晶……循环下降的落日，渐渐宣告沉沦，躲避在墨黑的树丛后，作最后的奋斗。的确，是更红了，红得不能以世界上所有的红色来表示。然而，毕竟是回光返照，在不久的一刹那，终究在青灰色的地平线下沉落了……

暮色渐重了，全镇各处先后起了炊烟，弥漫在灰色的大地，袅袅上了深蓝的苍穹。——塑像是爱这些景象的。

当然，当他初出世的时候，他的环境是非常美丽的！

但是现在呢？战神降临于龙门镇，阴霾的战云疑布在灰色的天空，阴风中夹了毛雨，飘打着塑像的风雨剥蚀毫无光彩的躯体，又使他数根散乱的头发急急地飘忽着。呵！这是一种威胁呵！虽然现在也是傍晚，但西方是灰色。他水漾的目光注视着失却了光明的西方，黑暗的西方，他希望西方能光明，但事实是绝对不能的。

他又遥望着农家最后一部往崖山去逃难的驴车走远了，消失在尘霾中。在模糊中，在黑暗气氛的包围中，他不知为了什么，要咆哮了，他的身体要爆炸了！矛盾，孤独，在他泥塑木雕的心灵中综错复杂地交织着！在他失却了光漾的眼珠中，仿佛跳出了两颗巨大的泪珠……

藉了一阵狂风的力，在一刹那之间，塑像的躯体在无形中消失了。同时，在临全镇之上的弓形的阴德桥之下，发出了一声响声：

“扑通！”

在黑暗中，借着一只难船的豆灯光，可以隐约见到河面上一圈圈的水浪，大约数分钟后，水面又平静了。

崇高的阴德桥似乎在黑暗中悲悼着，桥洞下落着滴滴的泪珠。

黑暗的战神驱逐了一切反动分子，在龙门镇平静安全地行进着——

民国廿六年十一月二六日

脱稿于汉口河街下段七十号中和客栈

叔年

（廿七年五月十八日修改完成）

当我完成了这篇文章，细细回味的时候，忽见门帘一动，闪进一个人来，是荣。他喘着气，急忙将我手中的册子抢去，拔出钢笔在封底上写了几个字：

“铭新街鼎丰里 117。”

我心中知有什么变故，急忙问荣哥什么事，他惊喜地大声说：

“祖母和‘叔叔’等都到汉口了，我是抄下他们的地址，快下楼来！……快……”说着飞奔出去。

我还问：

“母亲呢？”

早已一阵楼梯声过耳了。

我手忙脚乱，高声喊：“茶房，把门锁了！”一股脑儿滚到楼下，见母亲站在电话旁，她面部表情的更换使我感到惊奇，我气促地问：

“到底怎么……一回……事？”

母亲的动作异样，精神兴奋地说：

“刚才仲方打电话来说，你祖母等都到汉口了，在什么一条铭新街……快去望望看！”

我们到汉口后平时从不坐车子，除非特别事故，今天，总算坐了黄包车去，我和母亲合坐一部，那车夫还不肯拉呢！

我心跳得很厉害，不知事情到底怎样。但总不会使我失望吧！我这样想着，心中好像开了一朵灿烂的花，光辉的蓓蕾正在怒放着。

喜讯一来（在中和旅馆从电话中听到祖母等已经到的喜讯，左母亲，右荣哥即孟厚在听电话）（叔牟画）

第八章　巧遇

不能挽回的时间一分一分地过去，黄包车拉到什么一个新丰里，这不对呵！连忙叫他再拉，摸了半天，转过了一个小学校，就到铭新街鼎丰里了。母亲说：

"你看你看！那门口站着的谁？"

仔细一看，啊哟！非同小可！是——详姨！

连忙下车。详姨也说：

"所有的人都来了！"

最使我兴奋的，是父亲也来了。我和母亲合坐一部的车子的车夫在叽咕，父亲便添他五个铜子。

我们进了屋，人是多极了，称呼都来不及。

我见了"叔叔"，便问她怎么会来，她原原本本告诉了我，我暂且简记在下面：

十一月十六日，即我们乘火车到镇江的那一天，祖母本预备同了刘、陈两家到杨巷去，但因黄包车缺乏，便先请祖母乘车并由平安跟着到了刘家，想原车再回来拉"叔叔"，黄包车却在城门口被兵封去。祖母到了刘家，两位亲母固然很表热心，但三姨刘祝如却表示非常厌恶，因为我母亲没有同去，便表示不能带我祖母去。祖母当然很知趣，说既然如此，便不去好了。但要请借宿一晚，三姨说：

“不行不行！我们要锁门！”

祖母便被送到后门木匠店内坐了一夜。“叔叔”在家一直没有去，天亮后祖母才回家。但祖母回家后，又得悉刘家当日仍未去杨巷，他们的船也没有了，以后即不知如何了。

周敏之先生当夜同了家眷到火车站冒雨寻找我们，电筒四射，终究没有找到。回去说了，害得祖母和“叔叔”急煞，以为我们失踪。次日周师母及小孩被对门吴紫绶拉到乡下去住，周先生在银行内有工作是不能走的，也不知他的家眷到什么地方去的。

详姨自从那日到我家以后，回去便开始出行的准备工作。收拾行李，打电报……在我们到镇江的那天晚上，详姨叫湘铭（保姆莲芬的丈夫）到奔牛把大舅婆（详姨的母亲）接上城来，又与她（详姨）的丈夫李抱宏到源大城酱园内商借豆船运人到镇江。一有船，马上通知“叔叔”，叫“叔叔”立刻雇黄包车乘到春庭桥下船。“叔叔”照办。有好多人，除船主外，有大舅婆、祖母、太姻伯母（抱宏的母亲）、“叔叔”、详姨、姨夫李抱宏、湘铭、莲芬等人都上了船。十七日天色微明，船起程，进行力求迅速。午后抵达奔牛，大舅婆上岸去取物，停船于岸旁。两次有伤兵上船，令船老板开船，“叔叔”在舱内急死，幸而莲芬说，这船开回城的，兵才走去。大舅婆去取了东西，并带了她的一个内侄女来上了船，她名芸芳，小名叫阿娣。但她虽然同来了，她家里的人还在奔牛，不知遭遇如何。船数日后始抵达镇江，沿途见尽战时情形。

到镇江后，先由详姨、姨夫二人上岸看情景，太姻伯母因为船停的地方不适当，便下令将船开到一个有石码头的地方。但因此害得详姨二人找，急死，喊破喉咙，总算找到。付船主七十块钱。他们上岸到东南旅馆住下，那只船立刻被兵封去，船主求李先生帮忙，但有什么办法？当夜他们探得有隆和轮开往汉口，镇江形势亦已进入战时状态，便连夜把人和四十余件行李运到隆和轮上，购通舱票，定三张铺，才比较安定一些。

周敏之先生不知怎么也来了。隆和轮将开，而周敏之他们银行内所有公文要件还都在岸上。船主英国人用冷水及沸水浇岸上的人，不准上船，因为船载重过量，要沉没了。但英人不知怎样的却允许女人上船，因此丈夫妻子分散的不知多少，还有乘机抢劫的人也不知多少。周先生在船上急得半死，后来不知怎样才去取了公文要件来。

父亲本在上海，见报载无锡沦陷，心中急得不得了，拍急电到常州叫我们到湖南去。但家中人都走了，电报并没有收到。父亲也不知我们到底收到没收到，便从上海到南通，又经泰县、扬州，到镇江，住五洲旅馆。父亲本拟到常州去同我们一起出来，但探得去常州的路已不通，心中极为焦急。遇奚九如伯伯，便说或者回上海去教书。后回到旅馆，得悉镇江所有旅馆自明日起一律停止营业，让伤兵及驻军来住。父亲糊里糊涂，身上只剩下了三十只老洋，没有办法，预备次日回上海。哪知半夜里睡在床上，茶房来敲门说有一只船到汉口的，这里有一张票子，要不要？父亲因闻九如伯说，母亲和我们已到汉口，便随随便便付了钱，买了票，次日便上了隆和轮。哪知到了通舱，铺位已被别人抢去，便和茶房大闹起来。原来祖母等也在这个舱内，祖母派湘铭去买香肠，遇见了父亲，于是，母子在船上相会，喜出望外。

隆和轮在廿六日上午到达汉口，仲方本预备到码头上去探望迎接大表嫂慧兼的，却接到了我祖母等一批人。慧兼还要在下一班乘宝和轮来汉口。仲方跟了他们到了抱宏的一个朋友家中（即铭新街鼎丰里117），便连忙打电话到中和旅馆我们处，我们便都来了。

详姨的丈夫李抱宏真能干，所有事情办得妥妥帖帖，毫不拖泥带水，人是真可谓精明强干了。我素以为他是英俊的青年，可是这次听仲方表兄介绍后，见了面，真不信那个人就是李抱宏。面貌生得太差，真可惜。而且鼻端尖而下钩，尤其令人发生恶感。

大舅婆是个很慈祥的老人，很喜欢小孩子。

太姻伯母是典型的旧式家庭中的老太太，成天捧了水烟筒，咕噜咕噜地吸着。爱管闲事，用着顽固的意见谈着别人的事。

我忽然在门口见一女孩，面目熟极，她站着不走，又似乎在招呼我，我突然忆起她就是我从前小学里的同学余季兰，我趋前也招呼了她，她说她家就住在隔壁，谈了一会儿才去。

时已入午，要进餐了。我扶了祖母跟着大家到一家面店去，开了两桌。我们吃完了，回到鼎丰里，便叫湘铭、莲芬、平安去吃。湘铭正在发怒，气呼呼而去。

晚，祖母等睡在鼎丰里，父亲同我们回中和旅馆去睡。我和荣哥去吃晚饭，叫的是蛋炒饭，硬得如石子。我又牙痛，回来请父亲带回一瓶止立牙痛水[①]，擦点在牙齿上，未见效，就寝。

次日——十一月廿七日早晨，我们吃了早饭，又到铭新街鼎丰里去。他们在收拾行李。我跟荣哥信步出门，不意竟走到平汉铁路汉口循礼门车站，一路上是煤油及汽油味，车站十分简陋，并没有京沪铁路车站的考究。待我们慢慢踱回鼎丰里时，他们正预备出发。他们打听到有一只船要到新堤去，叫福汉号什么的。

四十余件行李——我们在中和旅馆的行李也搬来，都扎好了，保姆平安前前后后雇了十五部黄包车来，把人、行李一一都装上去，花了一个很长的时间，前照后应，仿佛摆了一个长长的阵势，在马路上形成一大行列，开始出发。连开红绿灯的警员也表示奇怪了。我是坐在第一部，马路转弯的时候，我回头可以数车子的数目，十五部，真是奇观。

大行列到湖北省航业局四号码头，正要停下，见江中之汉福号新堤班轮船一冒烟开走。我以为完了，心中不禁大恚，谁知道黄包车夫急起直追，一直追到一号码头才停止，那只小火轮也在这码头停下，我们才放心下车。

给车夫的车钱还未付，四周的脚夫们一哄围拢过来，要抢搬行李，父亲竭力叱骂制止，在人堆忙乱中付了车钱，脚夫们又嘈杂地围拢来要搬行李，父亲虽然叱止，然而一无办法，只得高声地大喊：

“你们的牌子，那末？”

① 上次是立止牙痛水，这次看来看去是颠倒的止立牙痛水，奇怪！——大概是骗人的，冒牌而又不担责任。

其中一个人像头子的从人声中钻出来说：

“这块这块！”

他从袋里掏出一块铜牌来递给父亲，父亲取来放在内衣袋里，便将行李数了好几遍，件数的确不错，才交给脚夫们搬运到小火轮汉福号上去。

仲方表兄忽然对着前面点头微笑，同时又飞奔过去，父亲等也嚷着说：

“慧兼来了！慧兼来了！”

我回过头去，见仲方同了一个身材较矮戴黑眼镜的女人走来，她就是慧兼，另外还有三四个天真活泼的小孩跟着在后面走来。慧兼叫这个叫那个的，她刚乘宝和轮到汉口。

母亲和珑妹已上船去了。

父亲、荣哥及详姨等，决定留在汉口办事，乘下班船再到新堤来。周敏之已将武进交通银行迁到汉口交通银行，父亲须去接洽。

又等了一会，我们便开始上船去。

第九章　小火轮中

我和荣哥负责扶着祖母挤进了第一层铁栅，这是买票的地方，人挤得如山如海。我们又拼命挤出了第二重铁栅，下面便是数十级的码头。祖母很小心地扶在我们两人的肩上走下码头，到了下面，再踏上趸船。人多极，都嘈杂地活动着。火轮和趸船间有一点距离，祖母很小心地坐到地下，再跨过去。总算到火轮上了。行李真多，脚夫们在忙碌着。母亲、“叔叔”、珑妹都已在火轮上了。

没一会儿，大舅婆、连芬等人都来了。父亲、荣哥等和我们分别上去了。我们的行李，都给脚夫们搬来，又搬进船底的货舱里。

在这只船上的我们一伙人，有：大舅婆、祖母、母亲、“叔叔”、仲方、慧兼、珑妹、慧兼的孩子、我、莲芬、芸芳、平安等十余人。仲方已于数日前写信到新堤请“寄爹”（即修姨屠修元，是大舅婆的大女儿，详姨的姐姐。“寄爹”是我个人对她专有的称呼，因我小时候即“寄”给了她，做她的干儿子）在我们到新堤时到码头上来接。

火轮还没有开，我们都坐在船沿，地位不适宜，便又引祖母到楼上去。谁知到了楼上，人却极为拥挤。幸见莲芬已在船艄弄到几张长凳，我们从人堆中挤到了那里，吃了一些饼干。

忽听见有人在演讲，非常起劲。仔细一看，原来是一个“十字油”的广告员，在兜揽生意。好一会儿才离开。

火轮开了。

船沿江停了好几次码头，停的时候以放汽笛为号。我在船上坐着没趣味，常跑下楼去玩。

午饭的时候到了，我们都下楼吃饭。台子是木架子搁的，很小，要舒服些只好坐四个人。我们特地叫了两样菜，味道倒还算不错，不像瑞和轮上的菜。

下午，我到灶间去参观。那灶间设在船的最后一部分，灶都是电灶，有一只炭炉。电是船上发电机供给，所以船一停就没有电了。那个地方很经济，门外放一只小水缸，用的是江水，但江水泥浊，所以要用明矾澄清。那些厨子的经验很丰富，明矾用的时候不会太多。他们用一根有底的空心竹筒，在底梢又挖了一个小洞，把几块明矾投入筒内，但并不会滚出洞外。要澄清浊水时，便把这个竹筒在水中旋转，数十转后便取出，水中旋着波浪，渐渐停止后，水中的泥质便都沉淀在缸底了。缸旁放了许多嫩青的白菜，都是在汉口搬上来的。

上楼，和阿娣（芸芳）一起在栏杆上欣赏长江的风光，好像比在瑞和轮上所见的长江有趣些。有一处地方的山被炸药炸开了，在筑公路，很有趣。还有一处地方的山势甚险峻，在半山有凸出的一条狭路。一个渔翁在撒网，样子很危险。

日落了，在江中现出了极美丽的金黄光线。

仲方去接洽弄到了铺，在船底的舱内。本来也是水手睡的，现在让出来了。铺只有两三个，小得不下于瑞和轮之鸽棚。舱内异常黑暗，空气又很阴冷，因为在舱底，四周都是江水的缘故。我们的舱，通了机器间，不过不能走过去的。

先扶了祖母进舱，母亲在铺内铺了被子，给祖母睡。我们铺的对面，是慧兼和她孩子睡的铺。大舅婆在另一个铺内。其它的人，都坐在小凳上、地上。矮桌上放了一把茶壶，水手倒了茶给我们喝。

天暗了，舱内尤其黑暗，又肮脏。只有船的机器马达声一直不停地传过来。那运动着的机器，水手每隔数分钟便要加入一种白色、浓厚的油，减少它的摩擦。机器间内似乎弥漫了一种烟气，东西都不能看得十分清楚。司机的水手每隔一个时间，便把炉门打开，一种血紫般的光线便射在每个人、物的一面，水手把大铁铲铲了一大铲煤投进炉内，红色的光线穿过了浓烈弥漫着的水蒸气射到了每个物体上，但司机随即将炉门关上：

“邦！”

舱内突然黑暗了，只有一盏豆光的煤油灯在壁上摇动着，发出了微弱的光线。

慧兼与仲方的谈话，一直没有停止。

慧兼的孩子，都是操着北平话，我因此非常欢喜他们。我想，到了新堤后，应该跟他们谈谈话，或是做一点游戏。

母亲和慧兼讲话时，祖母醒了，便让我到铺内去睡一睡，铺真小，头一直歪在一边，极不舒服，但后来终于入睡了。

不知什么时候，我醒了。母亲说：

“让祖母来睡吧！”

我便爬出铺外，加了一件大衣。忽然发觉那机器间内一切都静止了，没有一点声音，似乎水手们都睡了。

仲方说：“现在这小火轮停在一个码头上，要明晨开船。在黑暗中，船不便航行。”

船舱口不时卷进一二阵尖锐的阴风，令人瑟缩。

一盏挂在墙上的煤油灯也停止动荡了，静静地挂在那里。

“叔叔”一直没有好好地睡，坐在楼梯下打盹。

在黑暗中，我见到甲板上的长凳上坐着许多壮丁，被警员监视着，并且那些人的手上都系着绳索。听说是“拉夫”的，我心一沉……

警员带了一班青年壮丁不知在什么时候走了。我戴上帽子，到甲板上去望望。首先来的便是凛冽的阴风吹入了我的颈内，我却振作了精神向前走去。模糊中只见满甲板上睡着横七竖八的人，有的还发出了鼾声。我又独自跨到码头前的趸船上，遥望着天空，全是灰色，月、星一颗都见不到。岸上也都是迷糊的灰色，好像有一座山，或是土丘在码头的上面。趸船的舱内有一点灯光，里面好像有警察等人在谈话。木墙上贴了一张湖北省航业局的布告，说的什么也不记得了。

回到舱内，只是坐着。

天黎明了，舱口的风似乎更尖厉了。

水手们从不知什么地方爬起来了，惺忪着眼，摸到了油罐，倒了一些在一只碗内，用棒用力地调和着，是机器油。

天渐渐亮了。

一个水手在炉中加煤，生起火来。炉内发出了噼啪的声音，熊熊的火光反照在每人脸上，跳动着；同时在舱内又渐渐袭进一层热气。

水手们都已起身了，有的在扫地，有的在整理物件。睡在甲板上的乘客，也都陆续地起身了，有一两个人在漱口，有的在整理被褥……船中仿佛已经从沉寂的死神手掌中恢复了过来。渐渐地活动而忙碌了。

不知从什么地方传来了一声鸡啼。真有说不出的诗意啊！

本来灰色的江面上，已呈现着一条血红的光线，在东方闪耀着。大风吹拂着我的衣服，我感到一种清快的感觉。我觉得有一种新的生气和蓬勃的朝气在我心中活跃着。这种活跃是绝对不能抵制的。

那火球般的太阳，渐渐地在金色的龙鳞中探出来，东方是一片火光，并且在逐渐蔓延开来……尤其是这一片红光全部反照在江水里，天是平的，水却是皱动的，一静一动，伟大呀！那是熔铁的点滴，雷电的交流，是生命的火花，光明的烈焰，黄金与血的结晶！

祖母等都到甲板上来了，舱内打起铺盖来。

船已在这美丽的早晨，在长江中行进了。

我们又任意吃了一点早餐，坐着。

太阳渐渐地上升，射出了它所有的光线。江面上滚着一亮一亮的银波，祖母对我说：

"钟！你看那水里一亮一亮的好像几千万只银元在流过去！"

"真的！"我回答。

机器间内的热气极重，每经过那门口便觉得里面有火似的空气，水手们在里面工作，耐力真大。

我发见一个十三四岁的小孩，全身非常肮脏，常常和大的水手戏耍，但结果总是被大人欺侮。他的工作很多，扫地、揩桌椅、洗菜……还有机器间内炉中剩下的煤渣[①]，也都是他出空的。出煤渣时，用一个做在舱口的溜子[②]吊了一桶桶在舱内铲入的煤渣到甲板上，再倾入江水里。那煤渣大概是还保存了一点热度，所以倾入江水的时候，便冒出了浓烈的热气，不过它立刻就远离我们了——因为我们的船在很快地前进。

船停靠了几次码头，有的是没有石级的码头，是一只大的趸船划到停在江中的火轮旁，载了乘客去。

不知哪一个码头上上来了一个新娘，好多人来看。后来到了另一个码头，许多小划子船来抢乘客，那新娘子跟了一班人下了一只小船，在江中颠簸地摇到岸上去，看来是有一点危险的。

中午，我们吃了一点东西，船快要到达新堤了。

仲方说："新堤这个地方总还算有煤油塔的，你们看吗？快要来了！"

我们正在收拾包裹，听了他的话，便走到船栏旁去看，只见一个很大的煤油塔，慢慢地过来，又慢慢地向后退去。

我们的船已渐渐靠近岸边，不在江心了。

隔了一会，忽然听见船上的汽笛长鸣了二声：

---

① 即烧过的煤。

② 溜子，在物理学上称之谓"滑轮"。

“呜——”“呜——”

“到了到了！”

船中突然忙乱地叫唤起来，有的人已把行李扛在肩上了。

船在江中掉转了头，便慢慢地停靠在一个码头上。这就是新堤了[①]。那码头从下面望上去之高，接客的人数之多，实在有一点可怕。这一个印象对于我很不好，但我不能十分计较了。在忙乱中，我向码头上找“寄爹”。

① 新堤，即后来的洪湖市。

第十章　大镇——新堤

“寄爹！”

我找着她了，这样喊着，她也笑着答应我。她穿了天蓝色的长袍，旁边还同了一个女人，原来这人就是二嫂（仲方的妻子），第一次见面，由寄爹介绍了一番。

忽听见“叔叔”喊：“钟！”

我奔回去，“叔叔”令我扶祖母上岸去。码头共有六十多级，石皮铺得七翘八裂，很不容易走，祖母在中途很需要休息，但码头上人很多，只好一口气爬到码头的上面，才有了一个较长的休息时间。

下面船舱里的行李都在吊出来，仲方等忙碌着。过了一个相当长的时间之后，我们便要向旅馆进发了。

慧兼等都上来了。

我赶回去问仲方：“什么旅馆？”

“诺！诺！喂！刚才一个人呢？——诺！跟他去好了！叫——福泰栈！”

我又赶上来，见一个小伙子已领了慧兼等在前面了，我急扶了祖母跟上去。

新堤彭家巷福泰号栈大门（叔年画）

在我没有到新堤以前，以为“新堤”一定是一个很“新”的地方，“堤”又好像是西子湖里的“苏堤”，有好的道路，整齐的树林……后在汉口听仲方说它是一个“死乡下”，就使我对它的想象含糊了。现在，已经见了它的真面目，但大大使我失望，因为“死乡下”至少较前黄总不会再坏，但现在所见的这个地方，虽有街镇——据说还是大镇——却没有前黄的优美、新鲜，而是龌龊、不整齐……给我的印象坏劣。

街上铺的是歪斜高低的石条，及烂泥。满街任跑着肮脏的猪，没有人会阻拦。有的地上晒着干饭，跳着鸡、犬……房屋大都古旧，不整齐。街，在一瞥间，是绝对的杂乱、肮脏、潮湿的……

我们跟随引路者走着。转弯，上石级……这里因为是挑水者到江边及返回的必经之道，所以极其潮湿。再进了一条小街，倒比较清洁一点了，引路的人说：

“到了！”

从窄狭的街口望进去，见里面横在两旁墙壁上有一块玻璃牌子，写着：“福泰号栈”。

到了门口，跨下石级，屋内地很低。门口是一个厨房，过了一个小天井，便到了一个厅上，两旁有两间房间。厅前又有一个大天井，其四周有三四个房间。再除了一层楼三四个房间之外，便没有另外的房屋了。这地方像一家人家，并不像一个旅馆。

我们被引入了天井对面的四十号房间——其实他们的房间并无四十间——就有一股霉、油气味扑来，很难闻。行李陆续搬进来了，“叔叔”打开被褥铺在床上，给祖母睡。

“寄爹”来了，她跟大舅婆住在厅的左旁房间内。我进去玩，“寄爹”说：

“这里的地质和我们那边不同。这里靠江，地质、气候都潮湿，我来这里已生了几个月湿气①了。”

我想：我倒不要在这里生湿气，怪讨厌的东西。

回到自己的房内。

乐平是慧兼的一个活泼的儿子，跑到我们房内来看看，但他一进来，就皱眉，说：

“唔！这儿有一股油味儿！我们那边没有。”他们是住在天井旁的厢房内的。

母亲来了。

傍晚，仲方同了一位高壮的汉子到我们房内介绍给母亲。

① “湿气”者，某种疥疮之俗称也。

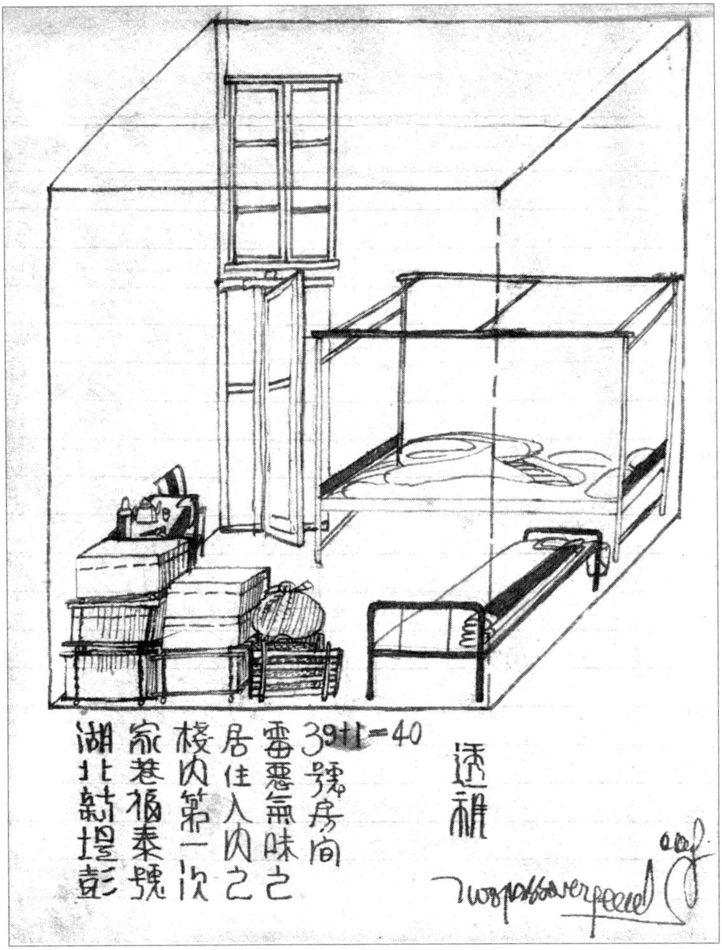

新堤彭家巷福泰号栈四十号房间透视（孟厚画）

这人是仲方的连襟，新堤商界巨头。我们这里住的并不是普通的客栈，是“号栈”，号栈的性质，是联合几个熟识的客商到新堤来做生意时住的,好像公寓一般。那末我们怎样进来的呢？就是全靠那人的帮助，由此可见他在市面上是一股势力。他的尊姓大名是——杨裕三。

母亲把在汉口所购的礼物送过去。

天暗了。

吃晚饭，开两桌。菜是特别嘱咐不准烧辣的。但总觉得是异味，不过倒比在汉口时吃的合我胃口。

饭后，揩脸，濯足，入眠。

过了几天，在新堤我们住处附近的街道上巡行，渐渐地熟悉了。

十一月三十日下午，我们到码头上去迎接父亲。因为探得今天是船期。果然远远一只火轮驶近来，是和丰号。它渐渐驶近我们，终于靠了码头，下船的人极拥挤。最后人空了，我们走到船上去，见父亲、荣哥、太姻伯母三人都来了。将行李搬到岸上去，并引导他们到旅馆中。

湘铭也一道来了，他是一个倔强的二爷。

因为我们安全逃出战区，到了这里，一定有神灵佑着，所以“叔叔”、大舅婆等商量应择日到当地的庙里去烧烧香，以谢神祇。

我和湘铭逛街的结果，发现了许多好玩的地方。重要的有辖神庙、基督教堂……新堤这地方庙庵林立，但大多数破墙残壁，没有和尚在内。惟辖神庙鹤立鸡群，其香火之盛，实属罕见。由栈内茶房的推荐，我们便决定到辖神庙去领教。

隔夜已买了香烛等一大篮，预备明天烧香之用。

到了那天的上午，我们都穿了长衫，大队开始向辖神庙出发。

由街的一端走到另一端，也就是由热闹的市场渐渐到冷落的小道。辖神庙坐在一个冷落的所在。门口并小像一个大庙宇，在上面挂一块竖匾：

辖神庙（叔牟画）

“辖神庙”。

进门就是一个院子，中央有一只鼎似的古香炉，后面接着便是三个殿，但都很小，而且建筑粗糙，古陋不堪。可是不要看不起，烧香的人委实不少呢。灯烛点得像夜班马戏团里的烛火那样，烧的香弥漫得满屋子烟雾迷离，屋顶的梁、砖，早经熏得漆黑，而发紫光了。

满墙壁挂了匾额，殿前有大匾额：

“护国佑民”“显应江湖”“名扬四海”……

之外，里面墙上的小匾额多得数不清，有大有小，或红或绿，亦新亦旧，都是一般善男信女所捐的。

这里正中堂堂高坐的菩萨，尊称：

“黑帝帝”。

面目果然漆黑，不过不知是为香烟熏黑，还是生来就黑的。据当地一般人说，他是这里再灵没有的神明了。你们看他的庙宇建筑不神气，没有卖相，然而烧香的人依然能保持它的常率。

我们的烛点上不久，便给一个人取下了。这人是院中的服务人，因为蜡烛插客满而还有来的，我们的烛遂为之挤出，并为他揩油。

“叔叔”求签，把两块木片掷掷，抽根竹签，二张签书又是要钱，我想和尚们靠黑菩萨的收入倒真可观。“叔叔”求的签一张是我和荣的学业，另一张是父亲的“差使”①，据黑帝帝说都很有希望。

湘铭也求了一个“问职”签，也是“好”。

我偕荣哥放爆竹，以为助兴。

我们是远道来客，因而受到特别优待：一个佝偻老僧，引我们到殿后瞻仰。过了观音斋，是一个广台，台下有荷花池。可惜现在所见的，是一片泥沼。过池而望，是后街，遥见他寺的黄墙，旖旎旗旌，自其间出。我们玩毕，告别老者，回寓。烧香的一举，就算告终了。

数日后，父亲又同了母亲乘轮赴汉口，去办待办理之事。

慧兼不知什么缘故，同了她的孩子搬到楼上去住。厢房内空了，因此我和荣哥两人就搬进去住。这里客栈的规矩，并不是以开房间多少为算账依据，而是有几个人算几多钱的。

厢房内有大床一张——没有帐子，木板的。梳妆台一张，不过我们也就当它是书桌了。还有一张木板炕，湘铭睡的。室内挂有好几副对联，都是大人物写的，如戴传贤、林森，不知是真的还是假造的。

---

① “职业”之俗称。

慧兼有四个孩子，大的叫乐平，八九岁的男孩子。非常活泼，又有礼貌。圆脸，笑的时候尤其觉得他天真。第二个是女孩子，乐勤，虽然她欠活泼一点，但仍可见到她一种纯洁无邪的灵性，无论是笑，是怒，都是她所富有特种灵性的表现。第三个男孩子乐新年纪不上五六岁，人倒挺调皮。他的每一个动作，每一个表情，都十足地含有一种幽默的。他身材矮胖，头颅硕大，眼睛、眉毛、鼻子、嘴巴无一样不是生得滑稽的。因此他的一举一动，都是诙谐发松，富有幽默。但他的动作是“绝对自然主义”的，在他这个年龄，即使要矫揉作态，亦未有其能。所以“自然”是绝对的了，但是与调皮是无关的。荣哥对乐新尤其觉得他有特别的幽默处，当荣细细地看着静止时的乐新，他也觉察了，便调皮地学着仔细看荣哥，荣哥笑了，他也笑了，拍小手。慧兼的第四个孩子，是乐玫，女孩子，还存襁褓中，性极静默，从未像普通幼童因小事而嚎啕过。他们都是生存北方，所以全都操着北方话，怪纯粹的，不像南方人用国语演讲，真有些“南腔北调”，固然不是没有例外。他们都称我：

“二叔！”

我也用着学来的北方话常常和他们扯谈，很觉得有趣。

他们有时学常州话，因为慧兼对他们说的就是常州话，所以他们除了全部听懂以外，更有一颗野心要学学了。他们用常州话唱的一支歌是《大头歌》，不知是自编——恐怕没有这能力——的呢，还是书上看来的，总之这歌对乐新很适合。乐新自己摇摇头唱起来了，别人渐渐和着：

大头！大头！

下雨不愁。

人家有伞

我有大头！

大头！大头！……

要当他是常州话，常州人根本听不懂。“北腔南调”真是毫无疑义。但这是天真的流露，没有什么可以抨击的！

此外，我跟荣哥对同室的湘铭感情日笃，因为接近的时间太多之故。虽然他是仆人，但他的个性很强。他不愿无故而受别人对他睥睨的态度，所以常常有同人家斗气的事。不过我与荣哥倒和他讲得很投机。我们三人因为没有规定的工作，便常常出门观新堤的风光，最初是只从我们附近的市街一端到另一端，便是辖神庙等处。那里又有一个地方，门口类似人家的祠堂，而挂满了机关的牌子，如民众阅报室，第几团伤兵等，尤其奇怪的是其中一块牌子上写着“沔阳县禁止缠足委员会第几支会”。我倒不明白，他们用什么方法去禁止缠足，内地的不开通的事真多。我们的逛街范围逐渐扩大，有一次我和湘铭二人信步出门，不走旧途的街道而沿着我们上码头的江边前进，沿途有石皮的道路。靠江的一边因为江水渐落，所以有一片很广阔的沙滩，沙土非常软松，许多人在那里工作着。滩岸浅水边泊着无数的帆船，由近到远一望无际。我们沿滩走去，见许多建在滩上的房屋，好像水阁似的用木架高高地撑支着。据说这地方每年春天，江水涨得很高，所以房屋不能造得低矮。我们渐走渐远，有些房屋的位置也逐渐杂乱，沙泥愈形软烂，走路很要留心。有一处沙滩上尽堆着木材，江面上也浮氽着无数木排。因为道路逐渐梗塞不便，就弯进一条小路，但并不在市街上面，而是在市街与江边之间。地段极荒凉，有许多无人耕种的水田，我们便在一条高于水田的垄道上缓行着。这路的一边是水田，另一边也是荒墟似的地方，过了这废墟便是市街的后屋了。我们行走着的路旁有碧绿的青草，也有电杆。忽然在远处树林中发见了一座楼阁玲珑的庙宇，心中很是高兴。便从土路转下一道石级路，过了水田到对岸，又踏着满是青草的坟茔到了那庙的关着的侧门前，再绕到山门口，门前是一片广场。庙门已破陋不堪，惟上面的金字匾还看得出，写着：

“金刚殿”。

进门有四大金刚的塑像，也已破旧。庙里住着许多伤兵，所以我们没有再进去。我们方才远看这金刚殿倒很雄壮美丽，但到了这里一看，却是一个破庙。在广场，可以看见不远处的煤油塔（并不是在船上所见的那个）竖立在树丛之中。我们没有去，原道回来。在刚才交叉路的地方，转入另一条土路，途经一所东狱庙，没有半个和尚，破败得几成瓦砾之场。几个转折，在一堵高墙下行进着。后见前面的街口有一座堡垒似的城垣，出了街一看，是一座炮台，一丈见方，用砖砌成，四面有步枪孔和机关枪孔，战争时兵士可以躲在里面由枪孔向外发射枪弹。台高有数丈，顶上还有一小木室，大约是指挥官的房子。现在这炮台已陈旧不堪，墙上刷着许多广告。旁边草地上，还有一尊小铁炮，炮筒里全是蛛网。沿土路旁又有一铁铸的独角兽，样子很像蹲着的牛，我两手攀着它的两只耳朵，由它的后腿爬到背上，最后两脚站在它头上的独角和两耳之间，伸直了身体。只见后面是一片荒墟野冢，近处的小池沼里，有许多人在赤着足捕鱼，他们捕鱼的方法，是先把鱼种撒在有范围的池里，待它们长大了，便用水车将池水汲干，于是鱼虾等物只须在污泥中摸取了。我们玩了好一会儿，才再始返途。我们不走原道，只是向着旅馆的方向走，过了一个香塔小庙之后，却奇怪了，原来这条路和街市上的路是同一条，我们又经过辖神庙、汪氏宗祠、基督教堂等转入市镇，然后回到旅馆。

荣哥听了我游历的报告，也要去瞻仰瞻仰，便和我于次日从市街一直走过去，途中又到基督教堂内参观，里面还有中小学。游过炮台以后，就转向金刚殿，伤兵极多，有伤兵正在掮着猪去宰杀。我们又去看煤油塔，塔的四周有高围墙，不能进去。墙前有一块砖铺的平地，好像码头似的，因为它就造在长江边上。回来的路径，沿着江边走，并不是不通，不过转折多，路烂滑一些罢了。

天天出门远游，无处不想去发现些什么。见了破墙残壁的野寺，或乱草丛生的高冢，见了清溪，或发见了可通的路径，都如获至宝一般。我们的足迹渐渐伸入镇内平民住宅区，那里小道纵横，房屋杂乱，有时竟会转来转去摸了好半天才走出来。每日回到住处，又大讲特讲，惹得无事可做的太姻伯母也要去走走了。我们四人从彭家巷——即福泰号栈门口的小街——的底端走出，向垂直于市街的一条路一直走去，起初也有相当热闹，不过走得远了，地段就荒了，房屋稀少，只有荒草野寺，就是有几所像样些的庙宇如南岳行宫、龙王庙什么的，里面又都住了伤兵，我们没法进去。

路上碰见一个老头儿，湘铭走前问道：

“请问老先生，这路可通往哪儿的？”

“喔！是乡下了。没有人家的。”

于是我们只得回头，仍旧到了热闹区域。

有人提议到河边去，因为我们虽然已去过一次，而太姻伯母没有去过。于是大家开始寻找一条通向河边的小街，最后在闹市的中段寻到。街极阴湿，两旁墙壁上满是碧苔，路也泞滑不已。河岸有不整齐的石级码头，许多妇女在洗衣服。河面异常宽阔，很像故乡的那条塘河，河水又非常清澈，没有波纹，可以见底。我们遥望对岸远处苍翠的树木，很想找一顶桥走到那边去游一下。恰巧这码头有渡船，我们花了几个铜子，便乘渡船向对岸划进了。在河心望着四周的风景，尤觉开怀，河水清得可看见河底的水草。到了对岸，进一个城关似的门，在街上一转便到了一个关帝庙前。里面好像有和尚，也有人烧香，不过地方很小，又很阴暗，所以一无好玩。又遇见一所小学校。除此之外，没有什么新发现。在普通街道、郊野一行之后，我们便回来了，但路倒走了不少呢。

在逃难期间，倒大大地游玩，跋涉虽劳苦，而乐趣亦自有其在，但我们对于国事并未忘怀，汉口的报纸隔日到新堤，总是争先恐后地看。可恨！常州已于十一月底失陷了！

第十一章 异乡的生活

上次“叔叔”“寄爹”等参加杨裕三先生的盛宴，说是鱼圆（丸）烧得最好吃，在江苏从未吃过。讲起鱼圆，本是新堤的一种特色菜。新堤靠长江，渔业极为发达，所以新堤人对于制鱼类食物，也特具超技。我们在栈内吃饭，鱼每天都有，尤以鳜鱼为多，味道也很不错。市上的鱼行里，我们可以看见成千上万的咸鱼，一股浓腥刺鼻。鱼市上的鱼大都新鲜活跳，几尺长的大鱼是不足为奇的。价钱也相当便宜，所以吃鱼很是合算。

讲到鱼，又想到肉，我第一天到新堤的印象便是见满街跑着的猪。新堤的猪都是白毛的，黑毛猪很少见到；但白毛猪的尾巴总是黑的，白尾猪更是少见。这里的居民，差不多每家都畜猪。所以猪并不十分贵，而肉又很肥。

除了鱼肉之外，菜中常用的还有野鸭和雁。有人说野鸭就是雁，有人说雁为大者，野鸭为小者，我不曾研究过，所以不得而知。在江苏从没有雁吃，就是有了，价钱总是贵得可以。而在湖北，常有雁类飞过，所以猎人猎下的雁和野鸭在新堤市上也是大宗的食品。不过雁都是用枪打下的，枪孔处的肉有毒，所以烧雁的厨子若是手续不干净，吃了很不卫生。我们栈内有一位贩雁的商人，运来了十数桶雁，他们一桶桶打开上盐时，只见都是血肉淋漓的东西，骇得大舅婆和太姻伯母从此吃饭不下雁肉碗的筷。

这里新堤的币制还没有统一，法币当然是流通了，而我们通用的铜板在这里却不能用。他们还是用的大铜板，而大铜板还有两种：一种可当两个铜板用，另一种可当五个铜板用；均须用国票兑换。我们在汉口留下的铜板都没处用，只好将来有机会再带回汉口去用了。新堤这地方在湖北，币制还不完全统一，再到内地，币制恐怕还要紊乱呢。这里的一般人，很不开通，有听说一生没有见过火车的，铜板用的还是清朝铜板，街上简直看不到一个穿西装的人，还有禁止缠足委员会等机关设立。社会的守旧情况，可见一斑。平民倒大都老实诚恳，而滑头滑脑的人是比较少见。

大嫂慧兼本住在旅馆楼上，现在由仲方表兄接到新堤西桥巷二号自己家里去住。她的三个孩子却常到旅馆里来玩。乐平每日白天虽然玩得起劲，但是晚上就总是哭，因为思念他的在天津的爸爸啦！

那天慧兼同了她的三个孩子到旅馆来玩，珑妹加入他们的游戏，他们称珑妹：

“小姑姑”。

这位小姑姑同他们很费力地讲着南腔北调的官话，真是滑稽。

乐勤和乐新到我们房里来了，这时我、荣哥和湘铭都在，见了他们自然非常欢迎。恰巧这时来了一个卖花生的小伙子，我们便买了一些花生款待。调皮的乐新吃了还不够，嚷着再买，湘铭便从袋里掏出了一毛发亮的硬币，一面对熟识的卖花生者挤一下眼，意思要同乐新开个玩笑，看看小滑头怎么样儿。乐新拿了一毛法币去，递给卖花生的，说：

“要买一毛钱花生米儿……”

卖花生的不给，暗里把钱还给了湘铭。湘铭向乐新讨钱，而乐新向卖花生的讨花生，卖花生的一溜烟跑掉了。乐新无法应付，湘铭还说要告诉他的妈妈，结果弄得不欢而散。但这孩子到底是无邪的，第二天仍旧谈笑依旧，我们也不再对他提及这事了。

我们一天的生活，不外乎睡觉吃饭逛街开话匣子。荣哥说，把功课荒废了，也不是事儿。便从箱子里抽出一本《英文最常用四千字表》和一本袖珍小字典来，这本《英文最常用四千字表》里的四千个英文字，若能熟记，则对于阅读英文书籍极有帮助，所以荣哥预备在这上面用一点功，由我担任翻字典求释义和考查他成绩的工作，一方面也可以带把温习温习。

几天阴雨，街道泥烂得无法可逛，只好闷在房里查字典上的生字。报纸上的消息见了要心跳，敌军直入南京，又打到芜湖了！

天天同湘铭到码头上去打听船的消息，祖母的指课卜得非常之灵，说不来就不来，虽然母亲在汉口来信说不日就要回来了。

毕竟在一天午后，我们在旅馆里听见了火轮的汽笛声，荣哥、湘铭和我以及其他许多人“登顿登顿”赶到码头上去。父亲母亲及详姨等人都乘火轮来了，一大批人到了旅馆。母

新堤福泰号栈楼上第一次住入之房间（孟厚画）

亲的小藤包里带来了许多东西，如橘子、手电筒及小搪瓷碟等物。吃晚饭时，详姨令开二桌，因为人增多了的缘故。一时非常热闹，而菜中又有一种生萝卜片，有一些辣而味极美。但荣哥说：

“辣的东西很败胃，而且又具有一种‘嗜好品’的性质，会上瘾，吃惯了不吃便不够刺激，还是少吃一些好。”

我虽然很爱吃，但听了荣哥的话也就少吃了些。

当夜我和荣哥搬到楼上去住，因为下面的房间住不下人了。湘铭也上楼住入一小房内，我们就住入上次慧兼的房。床好像是炕，在墙壁上。最妙的是壁上挂着四联单条，上面写的是：

“绝代有佳人，幽居在空谷……”杜甫的诗句。

心想，慧兼见了不知作何感想[1]。

母亲说，预备在汉口法租界租屋去住。因为住在新堤音讯不通，银行的迁动又是隔膜，所以不预备再住下去。李抱宏在汉口赁了一所房子，说是和我们合赁，已付了十块定洋。但母亲一想：抱宏这人过分精明，和我们性格不同，一定不能长久过共同生活，而这所房子的租费又很昂贵，所以马上还给抱宏五块钱，以免有所后患。居住问题容后再考虑。

祖母和“叔叔”从常州到汉口的旅费都由详姨垫付，所以父亲母亲在汉口同抱宏和详芝算了账。算法是这样的：详姨把所有的用费哪怕半个铜板只要是在逃难期内支出的，都记入了账簿，共有若干元。点点人数有若干名，用来一除，每人用去若干元。我家三人，祖母、“叔叔”、平安占三份钱，如数付出。但又有“抑尤有进者”了，是湘铭的路费也由我们负担。因为母亲在常州曾对详姨说过，带了湘铭走，祖母在沿途须由湘铭照应，即如码头上驮上驮下等事，旅费我们来付。但详姨虽带出湘铭，而并未告诉他这个约定底细，所以湘铭沿途也并未十分照应祖母。我们出了他的路费，他自己还蒙在鼓里！

夜已深了，湘铭房内的煤油灯已旋暗，人也睡了，荣和我在他门上轻轻地敲了两下，便挨身进去，仍把门关上了。湘铭睡眼惺忪，爬起来问道：

“什么事？什么事？”

荣哥把煤油灯旋亮了，与他稍谈了三两句之后，便轻轻地问他道：

---

① 慧兼因其丈夫伯范娶了二夫人蔡玉雯，故离津来此也。

“你可知道你的路费是谁出的？”

“是太太（即大舅婆）家出的呀！”

说了一些转弯的话之后，荣哥很庄重地说：

“是我们出的。”

“什么？什么？那不可能！……”

湘铭大为惊讶，并且不能置信，经我们一番解释了之后，他坚决地说：

“明天一定要去问二小姐（详姨）！一定一定！”

虽然我劝他不必再去多事，以致弄成僵局，但他却无论如何要去问一下才甘心。

次日这事终于被大舅婆知道了，她老人家极为震怒。湘铭去问了一下，知道事情确是如此，因此亦忿忿然，并问详姨说：

“你们把所有的账统统记下，那末我为蒋家老太太（我祖母）买了一块钱香肠，你们也吃的，可曾记账扣算没有？”

详姨说：“那倒没有。”

湘铭说得紫头赤颈地出来。

详姨奉大舅婆命令，把钱来还给母亲，母亲当然不会接受，于是钱推来推去，事情愈弄愈“鸭屎臭”，最后我们当然仍旧没有接受。

那天，我们跟了母亲到仲方家去拜访，他们竭诚招待。房子在西桥巷，路很近，在市街一转弯就到。大门对着新堤商会。进门有一长方形天井，其角落里有一小木房子，好像夜巡警的岗室，进去一看，是厕所。天井里有青苔，走路须小心滑跤。这青苔据说是每年水涨时江水渗过地面而生的。

从天井旁的一扇门里进去，便是一个砖铺地的厅，或称中堂，挂着一些字画，摆着茶几。厅的两侧有房间，左面的房间是仲方等住的；右面的房间便是这里的房东张大婆的房（“大婆”是新堤地方的尊称）。仲方的房间光线很充足，他吃的食物也很“现代化”，在这古旧的新堤倒是少见的新家庭。后面是“寄爹”睡的房间，她是美术家，所以室内装饰也很富于艺术。慧兼住在另一间房内。仲方有两个孩子，大的叫阿英，小的叫阿真，年纪都尚小。我们又被邀到张大婆的房内去参观，则是一片古董货的气息。母亲与令德（仲方妻，我称她二嫂）等谈话时，我去和“寄爹”聊天，回家时我又向“寄爹”借了数本《生活摄影画报》回旅馆翻阅。

父母亲对于我们的居处问题，已考虑多次。本想到汉口租界去住，但一时不易实行。而现在住在新堤旅馆里又决非长久之计，便想暂且在新堤赁屋住一阵子。于是我整天同了仲方、慧兼等跑巷头，想看到一所合适的房屋，但一切都是

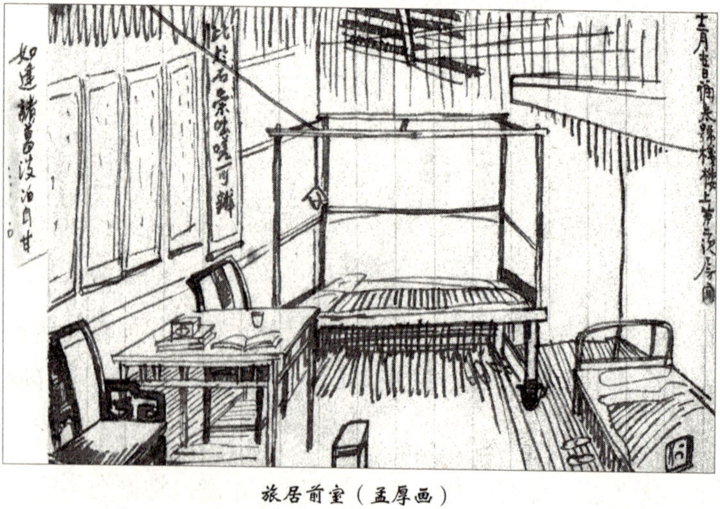

旅居前室（孟厚画）

旧陋的，最后在一条有扫荡报新堤运销处的街上，看上了一所房子，但并没有仲方的房子好，因为光线不足，所以还没有决定赁它。

我与荣哥又因茶房之要求搬入隔壁的房内居住。

房内挂着一副对联：

“比于石崇咄嗟可辨，如逢诸葛淡泊自甘。”

又有四联单条，写的是“君不见黄河之水天上来……”李白的诗句。

每日无聊之极，只有无意思之嬉戏，或在楼厅的木炕上伏看一张中华民国全图。一日荣哥在满是尘埃的楼面后部发见了一块活落地板，用力把它撬开，一看，通着下面的小厅（在饭厅的对面）。惹得小孩子们大开玩兴，把皮球抛上抛下。但这事颇有危险性，后遂被大人禁止。

十二月七八日间，父亲为母亲汇在长沙的一千元大洋牵挂，决定亲自到长沙一行，以办理清楚。荣哥也要去，一方面可给父亲接接手，另一方面则他自己要借此机会去看望章育中。至于到长沙去的路程，本应先到武昌，然后乘粤汉铁路火车前往，今听栈内有人言：可以先到岳阳，由岳阳乘火车到长沙，既近又方便。在新堤不远处有一码头同老官庙，那里有火轮班开往岳阳。父亲决定就走此路。

十二月十一日午后，我写了一封给重庆双桅子水沟二号余宗英先生的信，大意为请余老师关照，熟人多方便，以期我们将来可以入川等语。父亲目前亦曾写信给四川某友请求一职位。

十二日上午，父亲和荣哥打点行装就道。我去寄航空快信给余老师，从张街的邮政局转堤街（即市街街名）回来，到江边码头上去一望，见无人。回到旅馆，听说父亲和荣哥已乘小舟出发了。

谁知事情没有如此便当，傍晚时父亲和荣哥仍旧倒车回来，只看了一天乡村小学的情形。荣哥去长沙梦不成，而父亲却不能久待。十三日恰有一班轮船开往汉口，父亲便同了详姨及姨夫抱宏到汉口去了。

母亲和珑妹也搬到我们房内居住，有两张床，倒不十分见挤。

慧兼同了她孩子来，与母亲说：

“兰姑[①]，孩子们每天野得不得了，我请你帮忙，每天上午叫他们到你这里来上功课！”

母亲答应了，于是每天有一班小学生到我们房里来上课。读的书是他们原来在学校中用的书籍。珑妹也一同上课。不过这所学校不久就解散了。我却天天为荣哥查字典流汗。

荣哥有拉链一条，每日作拉力运动，可以促肌肉发达。这拉链我们名之谓“扩胸器”，钢的，有弹性。上次在汉口又购了一条绿色牛皮筋加上去。湘铭见了，便上来拉着试力，并且又立刻去请旅馆内若干茶房来拉。还以为不够，最后拿了“扩胸器”到堤街鱼市前，会同若干茶房来，他当众表演，引得许多人围观，而以为荣耀了。

新堤有发电厂一所（我们却没有找到），所以也有电灯的装置。但装电灯的人家很少，除了一部分在热闹区的店铺外，其余的人家均点煤油灯及煤气灯。我们的旅馆在热闹区，

---

① 母亲屠时小名“阿兰”。

所以有电灯设备。荣哥便想将“叔叔”从常州带来的收音机取出，设法通电试验收音。他把收音机搬到楼上，许多茶房七手八脚，少见多怪地来愈帮愈忙；将一盏电灯的灯泡摘除，由灯头通电到收音机里去，收音机内的五盏灯泡倒是亮了，但一无声音。原来这里电厂里的电压和我们常州的不同，所以试验不成，完毕甘心。

上次向“寄爹”借的《生活画报》已看完。荣哥在卖花生米的店里发见了旧英文报纸，是良好的英语读物，于是向那店里大量购买！价钱相当贵，却不能计较了，购回来大看特看。后我又向“寄爹”借了上下册《说岳全传》来看，成天浸在小说里，人不胜有些头脑昏涨。几天的工夫也在昏头昏脑中无形地度过去了。

第十二章　新居

芜湖又失陷了！议论纷纷，有人说敌军可立刻进攻九江，占领武汉，又有人说到了芜湖则无力再进。仲方表兄则深信武汉不会在短期间内沦陷。但一般人总以为中国有些吃不住了，其实哪里！

不过新堤却在恐怖中！街头巷尾都是在窃窃私议着某一件事。什么？说是新堤全镇的伤兵有若干的数目，有枪械若干的数目，准备反动，实行抢掠。镇上很有人担着极大的心。然而这事并未证实，所以我想，恐怕是某些人的谣言用以惑众的吧。

天气逐渐转寒，开箱取棉衣，做棉鞋忙了“叔叔”和母亲。

父亲已到汉口办事去了，我们没有立刻行动的必要，所以母亲预备搬到上次看中的房子里去住。那房子还须要收拾干净，才可以住人，所以我、荣哥及平安等跟着母亲先到那房子里去望望看。我们从西桥巷出去，走上一片漫野的荒地，过了流水石级，由零星的茅屋小弄穿过，到了一条有扫荡报新堤运销处的街。道路是石板的，很是白净，似乎是给强烈的北风吹得如此干净的。景象显得异常冷清和萧条，行人也很稀少。两旁都是中流人家的房屋，大多数已古旧不堪。在一座刷着大字保甲规则的墙的对面，有一家阔排门的人家。我们便从这门走进去，光线很暗淡，见有人在做制造竹筷及切纸的工作。那是一间土地乌黑的古屋，屋内陈设非常杂乱，地上又横着婴儿的摇篮。再进去，地方愈加凌乱，堆满旧货，门后有一张破旧的圆桌，这是他们的食堂。再过了一间空屋，便进入一个天井，不十分大，用小砖铺成。地上东一摊西一摊的，是洗衣服倒下的肥皂水。青苔又特别的厚。两旁还有破陋的小室。过了天井是一堵黄色的，又像是粉红色的墙。进了这墙的一重圆门，便到一小天井，接着就是正厅了。这厅的上面还有黄色的又像粉红色墙的楼子，那天我们来赁屋的时候，说是上面楼上的房子比下面的好，可惜早一天给人家捷足先登了。这里的厅比较干净而且像样，长窗以内便是

新居前室写生（叔年画）

大方罗砖铺的地，两旁置着茶几单靠，中堂有方桌及天然几，上面放着佛龛及瓷瓶等物，壁上悬着古字书，非常稚气。厅的左面是房东人家的房间，右面便是我们赁的房间了。房门开着，须从厅后由后房门进去。我们共赁二间房，即前房与后房，中间用板壁隔开，房租每月六元，先付一月。前房靠天井有上下两扇窗，窗前有两张铁皮桌子，可以借给我们用。靠小院子又有一块小方格窗，但光线总是黝暗得很。后房只有一扇窗，所以更加黑暗了。房子已非常之旧，尘埃很多，地板有些已损坏了。我们既然来了，便开始收拾起来。

这屋子的后面，有一石皮块接到厨房。石皮两旁有低陷处，积贮了许多发绿的水。我想：这或许是每年长江水涨时水升过地面而积下的，他们这些懒骨头成年不汲出去。厨房很大，但前面没有墙，以致在厨房内工作的人须吃尽西北风。厨房后面有墙，并有一门可通后园。后园有围墙，墙内无绿树，只有若干的晒衣竹竿及黄草。墙外便是漫无边际的旷野，围墙左面有一小门可以通外面。母亲说这处地方倒可以来做运动场。

托人去买了长凳和铺板。母亲又在市上买了若干用具，如碗筷等物。又请仲方去请杨裕三购制锅灶水缸等物，据说请他去购买可以便宜一些，即便不便宜，亦不会吃亏。

从箱子中取出若干被褥，拿到新赁的屋子里，铺在新购的铺板上，成了两张简单的床。我和荣哥又搬了些书籍文具及其它物件到这里，预备在这里居住了。但祖母年事已高，不便来此度不规则的生活，“叔叔”因服侍祖母，不能离开她，所以祖母和“叔叔”仍旧住在旅馆内，因为原来的房间有霉气，

新居的晚上（倚在床上的背影是我，被窝中的女性是母亲，母亲一侧是珑妹，戴眼镜看书的是孟厚）（叔牟画）

所以搬入了上次我和荣哥及湘铭合住的厢房内居住。母亲、荣哥、我及珑妹四人，搬到赁的屋子里去居住。

十二月十七日，便是我们搬到赁屋去住的日子。那天傍晚，我独自到那屋里去，见母亲、荣哥及珑妹都已在那里。听说这里有一位老先生，刚才与荣哥谈国家大事，联英美或联苏俄的说了一大堆，母亲说这老头的意思是想荣哥去从他学习就是了。晚上我们到旅馆内吃晚饭后，便辞别祖母及大舅婆等人回新居睡觉。从明日即十八日起，我们开始自己烧饭或买饭吃，不再吃旅馆内的饭了，账将来再算。第一天住新居，颇觉新鲜。点着新购的煤油灯，俗称洋灯，坐在铺板床上的被子里看书。这样的洋灯，我幼时在家乡旧屋里用过的，自从九岁搬进父亲在常州新建的房屋内居住后，便一直用电灯了。今日又用起洋灯来，很有些说不出的滋味。

这古屋内一到夜晚，便可能听到一种音乐。在对面院子的楼上，有一间房间。我们站在下面可以看见那房间屋的顶上，满挂小旗子，或者在屋内墙上还有孙中山先生的遗像也未可知。就是在那个所在，聚集了若干青年，每天晚上点了那暗淡的洋灯，在一位老先生的监督之下，捧了“死”书，口中发出了“嗯嗯嗯嗯”的声音，就是那“音乐”了。这老师便是同荣哥讲国家大事的老头，据说他自己本是某处人，辞家别妻来新堤行商不得发财，便异想天开，竟开班授课，孰知这项“生意”倒不错，便一直做下去，已有数年历史，且已数年未归家了。他的一班学生的读书调，特别难听，既不是喊卖菜，又不像唱江北戏，只是捧着书摇头摆尾地“嗯”。闻之令人难过，不易入眠。我想在这种年头，不求新知识，还是尽读死书，难道还想考秀才去不成？入夜以来，除了这种音乐，楼上还有不断的胡琴声，大约有人学唱戏。这古屋真有些稀奇古怪了。

每日起身，跟母亲信步出门，有时到江边买几个麻团当早饭，有时在堤街与西桥巷口的一家店里买一碗汤圆充饥。然后到旅馆看望祖母和“叔叔”，祖母有时剩下了粥，我们便再吃一些。午饭有时不吃，有时到堤街南端的饭馆内吃硬饭，菜是特别之极，尤其以粉蒸肉更为难咽。傍晚时的晚饭，有几次在旅馆附近彭家巷口吃了一碗馄饨就算了。一天的工夫，就在家里与旅馆两处走动中度过。

有一日早晨，母亲命我到厨房内去淘水，见那里有新行灶及水缸等物。回来问了母亲，知道那些东西都是我们请杨裕三去购置的，共花去了二十元大洋。母亲在请他去购买的第二天，忽想暂时还是不必购买，我们还是买饭吃便利，便请仲方去请杨裕三不要购买了，但仲方说不行，因为杨裕三有些脾气，嘿！

一天晚上，我们从旅馆中玩毕，预备归家，即从旅馆门口走出去，已是一阵阴风在黝黑的彭家巷口吹入了我们的颈项，我们瑟缩着身体向弄口走着。前面是有灯光的浴室或理发室，给黑暗的弄口一点照明。我们走下了弄口的不整齐的石级，便向右弯转，走在高低潮湿的石板路上。这里的几家馄饨店还有一两盏灯火。地面上一块石板已松了，人走过去便要“空通”地发出响声，溅出许多污水来，弄得不好还要溅上衣裤。走到这条街的尽头处，店家总是早关排门的。若没有几盏卖糯饼担子的小灯火，行走就非有电筒不可。天气更是寒冷，夜市也愈见冷落。

我们逐渐在黑暗中到了西桥巷口。弄的狂风，大得从未有过，突然袭来，向我们飞卷，我们屏住了呼吸，顶着脸上身上受到的打击，出了城门似的圆洞，过了有公共尿缸的石级，风才比较小一点。因为刚才是巷口，群风所聚之处，是为“竹龙风”，故特别的大。月色照着白石路，愈觉得凄寒。过了仲方家和新堤商会（据旅馆茶房说这里面有一具收音机）的冰冷的黑影，便转入了一条无一丝光线的弄。犹如瞎子摸壁，睁了眼不如闭了眼，又没有带电筒，月光也不知被什么东西遮住了。

总算摸出了弄，接着便是那满是墓葬的旷野。风阴冷得恐怖，枯树的瘦影森森地撼动着。漫边的野草飘抖得没有止时。死一般静寂的小河水里浮满了秽物，深深地倒映着怪树的骨枝，漠然地摇曳着鬼影！月色惨淡，河流上高低曲折的石板路，被月色照成惨淡的白色，而更发着青色。四野里除了风声，静得无一杂音。

我们手紧携着手，头几乎缩到衣领里去，慢步地踱过凄冷的石级，曲折地过了河流，到了另一块土地。灰色苍茫中坐落着零星的茅屋，模糊的视线，见不到几点豆灯光。

在万籁俱寂的空气中，我们突然听到了一种恐怖的声音——镗锣声！从远处传来，闻之不禁毛骨悚然！那本是一种洪亮的声音，但传到这里，那余音令人有些害怕，在夜里听到了镗锣声，总觉得有些恐怖的。不知什么缘故，我忽想到仲方在汉口与我们讲新堤情形时，曾说新堤这地方也算有一家戏院。但我自从到新堤以后，说书场倒见过许多，而说书者的话听不懂，至于戏院则始终没有见过。这镗锣声恐怕就是那戏院内传出的吧？

我轻轻地对荣哥说着镗锣声的事。

我们渐次走着，镗锣声也渐渐消去了。但是当我们走到一座小野庙前而弯到那条有扫荡报新堤运销处的冷静落寞的街道上时，那具有特种恐怖性的镗锣声，突然从冷静的空气中发抖地惊动了我们的耳神经，每人全身的汗毛没有一根不直竖起来！紧张的情绪令我们赶快找自己的家门，在黑暗中摸到一扇门，正想敲，一看又不是！连忙再寻，前前后后地摸不到，又没有带手电筒。在黑夜与紧张中，没有一个人敢叫……

想到白天房东对我们说过，出进走旁边一扇侧门，到深夜还开着，中间的排门一到晚上就要关上的。我们现在哪里还看得出正门与侧门，摸到门已好了，推推这扇不开，推推那扇又不开，只得举手敲起来。在静夜中听到自己的敲门声也有些惊意。门简直打了半天，还疑心自己不要打错。最后才总算听到里面女人的尖声："哪个？"

我们答应了之后，里面有人来开，原来开的是旁边一扇侧门，假使她不开，我们也可以推进去的。到了里面，仿佛得了归宿，一颗忐忑的心，方才着落。

我们家里后园，有一小门可通到外面的野郊，我们每日必去散步。开出后门，是一块高墩，低处有水潭，垃圾堆中草木丛生。高高低低的泥路可通到一处小石路，这小石路可通至小野庙而转到那条有扫荡报新堤运销处的街。那小石路头有一角围墙，里面满是树木，从墙内伸出了许多树枝及黄叶，不禁使我想到那首有名的诗："春色满园关不住，一枝红杏出墙来。"可惜现在是冬日，不能在这里见到红杏了。

从右面走出去，没有墙壁等阻物，那是一片不可收拾的灰色的荒田，泥土烂得很松，又有许多污水，垄道很长，走路极为不易。过了这荒田，是一片坟冢高墟，但风景倒不坏。下了墟，便是平整地了。那里有一条极其曲折的小河，几处小土坝可通到对岸去。对岸右首，有一村人家，鸡犬茅屋，也很入画。此外即一望无际，只有青天与草地。从高墟向左慢行着，便可到达见南殿。殿内极荒凉，门内有二三条倒伏着的船。里殿内绿草丛生，鼓和钟都极大，想来从前这里一定也大热闹过一番的。庙门前是一片广场，常有警员在操练。新堤的警察局就在我家门前的那条街上，若由家门口向右一直走，便可走到警察局。如果再走过去，可由一条有邮政局的街转到堤街。有一次我们在见南殿旁看警员操兵，看厌了，因为地方野大，就任意在草地上躺躺，沿坟墩跑跑，毫不拘束。忽遇到一群白驴子，大为欣赏，我走到其中一只身旁，还不要紧，走到它尾后，它抬腿就踢，几乎被它踢一脚。又有一次我们走过那空场，见有人在练习骑自由车，我也很想去骑一下。但家中的一部自由车已由王寿生君取走了。联想到一只望远镜亦给他取去，名义上是借，实则何时归还？

过了见南殿前的广场，便是两个大池塘，中间有石板路隔开，池旁通了小河，风景非常优美。有一次那里大举捕鱼，许多人在踏水车。将一池内的水汲入另一个池内，一直汲了好几天，最后池内干涸，捕鱼便容易了。

从见南殿再向左去，便可由荒野的路走到上次去过的炮台。在炮台旁也足以俯视而看见见南殿，并且似乎近得很呢。有一次我和荣哥在那里遥见一点黑色的建筑物耸出于地半线，便决心向它走去，想目睹那到底是什么东西，哪知荒地不易走，尤其有水流断路，只得退回了。

我们每天下午，总要开后门出去玩玩，散步在那一大片满是坟冢的地方。当太阳落山时，那黄金色的光线，照耀着一大块郊野，我倚墩斜靠，夕照下朗读，或高低远近，拔草追逐，游兴真是无穷。荣哥特为这地方名之谓“连墩头”。慧兼也常同她的小孩来游玩。

除了在这里游玩，也到别处去。煤油塔是常去的，塔后有树木阴森的地方，幽静得很。有二人在锯树。荣哥见了煤油塔，便有哲语说：

“到这里见了煤油塔，便不胜有‘又来之感’，说不出的‘又来之感’。”

我只有点头，心中固然也有一种感，但不知是不是就是他的“又来之感”，所以无法开论。

在游玩间还有一次与湘铭大辩“鱼牛重出”事件，战得舌敝唇焦；最后仍无胜负揭晓[①]。

除了游玩，我又有一些小工作，便是开始写我的逃难追记[②]，因为我以为到了这里，或已是我长时间的归宿，所以预备写到住入这新居后便完止。我和荣哥各自写文章看书，不是用电灯，那末煤油灯的油必易用完，因而同了荣哥在黑夜几次出门，在附近冷落小肆内购买数铜子的煤油。

一日清晨，沿途在寒气中和母亲读一封从四川父亲的朋友李骑寄来的信，说父亲若能到四川，则必可设法弄一职位，又四川生活程度如何等语。我的老师余宗英先生，则尚未有回信给我收到。

十二月二十日，我们请湘铭买了一条青鱼，不十分便宜，鱼又是死的，预备自己烧了吃晚饭。傍晚的时候，我和荣哥

---

① 据湘云：吾国文字乃古孔夫子所创造，有“鱼牛重出”事为证：本鱼字为牛字，观鱼字之头有曲角，下有四足，中有耕田之田，岂非牛字？而牛字实为鱼字，观其字形则已像鱼矣。又重字本为出字，因重字为千里两字合成，千里为出，故也。而出字本为重字，因出字为两山字合成，双山为重，非重字乎？因孔老夫子造后令徒弟发出此四字时，一时疏忽颠倒，遂成千古之误。盖其徒之发，“一躬三千里”，无法收回矣。余与荣哥则深以吾国文字实系黄帝时代之仓颉首创，孔子虽为至圣，而并未造字。因与湘大起舌战。

② 本书自开端起至第三章，除《二十六年十月十五日》及《无罪的犯人》外，皆此时作。

在后房开始操作。在母亲的指导和帮助下，把鱼弄得很干净。刮鱼鳞，洗内脏等事，荣哥尤为起劲，在我尚是初次试验剖鱼呢。弄好以后，便用红泥小火炉烧起来。正在弄得兴高采烈的时候，忽然平安来报告说：我父亲回来了！母亲听了立刻就到旅馆去，剩下我和荣哥两人，点了灯“做世界”，天已暗了。

一个长时间之后，母亲回来了，我们正在大嚼破胆有苦味的鱼，形势突然大变！说父亲并未到长沙去，交通银行由粤汉路去广州而迁上海，周敏之皆同吴紫绶两家，均已乘车离汉赴沪了。并谓我们决不能久留此地，必想法他去。又战事问题，敌军已近九江，武汉朝不保夕！南京屠杀壮男多少万！

我听了，急要知道底细，便独自冒黑跑到旅馆，父亲正在灯光明亮的厢房中。我进去问了父亲，知道敌军尚未到达九江，只到马当山，距九江尚有一段路程，我们这里的形势尚不算十分紧张。又我方已经把马当山口的长江封锁了，所以轮船不通下游。父亲回来后还未吃晚饭，预备到我们的新居吃晚饭后睡觉。

我同了父亲回新居去，父亲有手电筒，走路还不十分看不见。但到了自家门口却不认识了，电筒照了半天也没有照出门牌，最后总算找到，推门进去，母亲已准备了晚餐，我们大家进了一餐苦鱼当菜的晚饭。

晚饭后，一直讨论着今后行动的方针，但向任何方向进行，必须先到汉口。向上海去的路程，可由武昌乘粤汉路火车到广州，再由广州乘轮船到香港，由香港可乘海轮直达上海。但近来敌人屡窥广州，企图登陆，所以这条路是很危险的，而且铁路线上又有空袭之虑。另有一法，较为迅速而安全，就是从汉口乘民用的飞机直达香港，但旅费贵而机票也购不到，故这法不能用。入川问题，更为渺茫，一方面是难民过分拥挤，另一方面是我们到了四川是举目无亲，生活如何解决？我们兄弟的读书问题又更加麻烦，所以入川一事似乎难以考虑。总之以先到汉口观风为前提。谈论了很长的一段时间，最后才进入梦乡了。

第二天，我们仍旧搬入福泰号栈内居住，我和荣哥等睡在厢房，其他人住入有霉气的房间。搬了过来，可便利于准备回汉。新居内的锅行马灶，都遗留在那里，当然不能携走的啰。

栈内有一个小红眼的老客商，见了珑妹总是高兴，并且要去抚她，"叔叔"说：这位老头儿一定是没有儿女的。

我因为不久将要离开新堤，便决定作一次最后冒险巡游。下午，天不十分晴明，但我决定不顾一切，独自一人起程。从新居后门出发，过了连墩头，跨越小河，向那遥远的小野庙行去，经过了绿色的叶田和土黄的道路，遇着两三乡人，风景够美。到了小野庙，便向左，在漫天无际的草地上奔跑。接着在一条高高的土路上行走着。路下有一条小河流着。经过了原野上的一所茅屋，便天昏地黑地向前跑着。一面走路一面仰着头，看天上飞翔回转的鸟，极为有趣。于是我仰卧在地上望着那一大群鸟雀，因为高，看不出是何种鸟类，但不是麻雀之类的小东西。只见它们一群在高空飞翔，转来回去的总不离开一个圆心，一直到最后才飞远去。

天似乎更阴了，并且有一些细雨，但我仍向前走去。雨不久就停止了。

荒坟高下，小道纵横，枯树摇枝，野草丛生。在那两坟相对的下面，斜卧着读书，真是无限的适意之境。

河流回转，田地成方，九十度角的泥道，菜园的篱笆，是田家的好景，乡村的美景。

渐走渐远，路已多方分歧，水流亦综错交叉，路不时为之隔断。我各处寻找有什么路可通到另一块土墩上去，结果找到一条土坝，我欣然地走过去，却发现它在河心是中断了的，虽只隔开三四尺光景，跳远本领倒没这么大，而且近水的土坝又非常烂滑，只得再觅出路。曲折转弯，找到了好几处土坝，但都是同一情形。

最后总算见到一条土坝，河中隔断的程度只有一二尺的样子，只得冒险壮胆，跳了过去。脚已没入烂泥水中，幸而是穿的皮鞋，不大要紧。要是布鞋，那还不给你洗个黑脚吗？

又各处玩了一会儿，路几乎不认识了，我才预备把这最后一次的出游结束，开始归途，仍旧沿着原路，小心不要走错，天已渐晚。

回到了家里，见房屋空空如旧，新居已不得谓之新，我们将与它永诀了。

那日晚上，父亲在旅馆内四十号房间门口喊我回去取一只遗留的尿罐头，但电筒不知为何没有，便向旅馆内茶房商借灯笼，小天井里有风，点灯笼颇不容易，好一会儿才点着，由我提着，后面跟了平安，从旅馆门口出发。

天时已入隆冬，严寒的黑夜，冷气骤袭了我的身体，那盏“风中之烛”的灯笼在尖锐的西北风下每秒钟都有熄灭的危险。

照例的经过堤街，每家店铺都已关了门，找不到一丝较强的光线。行进着向前走，照例转向西桥巷。狂风劈面袭来，我急忙掩护着我们的光明的领导者——灯笼，但一阵猛烈的飓风卷着沙尘袭过来，小灯笼支援不住了，几下一明一灭的挣扎后，终于熄灭，而将我们埋葬在黑暗与风暴之中。

低着头，屏住气，前侧了身体，还想勉强继续路程。狂风中平安屡次取出携来的火柴试点那灯笼，但结果都是无济于事。

虽然鼓着勇气走着，但到了那小巷时，黑暗中两旁想象幕里有碧苔的墙壁高压着我们的恐怖心理，在根本看不见道路，只望着眼前的黑窟窿的当儿，我不愿再与所谓“新居”有一面之缘，随即踏上了回头之路。

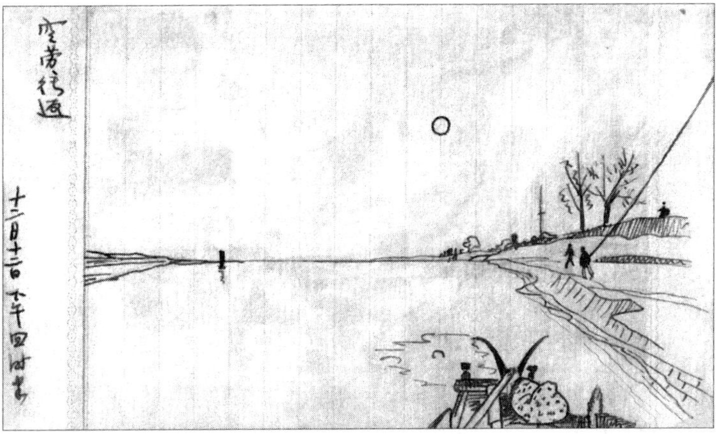

空劳往返（孟厚画）

第十三章　返道

长江的水已大落，码头长出了好多级。遥望着对岸，土地日渐高起，成了一片片的调和而柔滑的云状土。

因为江水浅的缘故，小火轮不能直驶到码头，停在离码头数里的地方，乘客下船后须转乘小船划到新堤的市镇上来。上次父亲就是这样来的。

我们预备回汉口，而大舅婆、太姻伯母、湘铭等也准备回汉口，因为长居死城的新堤，总非善策。惟仲方表兄与慧兼大嫂两家尚欲暂居新堤，待有机会再出来。慧兼见了母亲，总是不胜欷歔。

数天打听船期，收拾行李，一等到有船，即可出发。

终于在十二月廿三日有了一只小火轮，我们便决定乘这小火轮到汉口去。上午已将行李统统扎好，大家穿好了出行的衣服，我穿的是呢大衣。准备下午雇小划子到火轮上去。大舅婆那边四十件行李也都扎好了，真是忙煞。

午后，荣哥和我商量，乘未出发之前的最后机会，作新堤环行写生一次以留纪念。我俩便从旅馆出来，行进到江边。居高临下，荣哥便取出写生册，绘了一幅江滩的鸟瞰图草稿，

新堤江滩（孟厚、叔年画）

由我加工完成（“新堤江滩”）。一路沿江行走着，我又作杂视线图一幅（“新堤所见”）。

渐渐转入江边与市街的中间，荣哥又以遥远的市街屋顶及耸出屋脊的炮台及东狱行宫的屋脊等作写生题材，隔着水田作了一幅图画（“新堤街后”）。随即向金刚殿行进，到了一个有诸多猪猡在泥潭里滚的地方停下，因为从这里向金刚殿取景很适当，我便作了一幅金刚殿的写生图（“金刚殿”）。然后行至炮台。那里铁独角兽旁有一个老乞丐在求乞。我们先作了一幅小钢炮图，然后荣哥走下路旁低处，作了一幅炮台和铁独角兽及老乞丐的写生图（“炮台、独角兽和老乞丐”）。

完成以后，我们便转入堤街，到了辖神庙里。若不来写生倒不注意，一心来写生而见了那大殿屋上的装饰，真有些骇人。因为它过于复杂了，要写生将它绘好真不是容易的事。而荣哥到底老手，写生时处理得非常得当。笔画不见复杂，而画自能达意。完成了辖神庙的写生，便一路归来。本想作一幅市街写生图，但因为街上人多不便，就没有作。回来时，已不早了。

旅馆内正在大忙，这边在搬箱子，那边在跟老板算账，

新堤所见（叔牟画）

新堤街后（孟厚画）

本请杨裕三和令德来算账的，但他们说有事，只由仲方来帮忙。他们——父亲、母亲、仲方、老板等——在账房内打算盘、数钱、付钱。据说这栈内本不供给早饭的，我们到这里来，开早饭不加费，因为杨裕三的介绍而特别优待。

大家忙着奔来赶去，唤来若干脚夫搬箱子到码头上去。我先押了一担去，停在江边的一个小码头上——这并不是轮船码头，等有人来看守了，我又回去押第二担。哪知挑夫在大打架，喊骂声震动耳鼓，原来他们在抢挑行李。由旁人极力调解，总算停止打架，行李不曾被夺破。

在夕阳西照的江滩上，脚夫和旅客正来来往往地奔走着。水畔光滑的石级，因为人走过而摇动，下面的江水便潆潆地抖动着。在江边的船林中，有两只船是我们所雇的。一艘是大的帆船，可多载些东西，一艘是小划子，不能多放行李。

金刚殿（叔华画）

我们的箱子便先装到这小船上，由我和荣哥看守。

忽发现了一张旧报纸，上面有载着秋虫音音乐会和日本之“放屁熄烛火的比赛大会”等事。荣哥戴了父亲的礼帽坐在船头的箱子上看那报，我想以荣哥为对象绘一幅写生图，但绘得不好，于是便与荣哥交换职务，让我戴了父亲的礼帽，坐在船头用手撑了下巴看报，荣哥用他的故技绘成了一张极美的图画。

小船上又装上了一两件东西，旁边的大船上还刚搬上了几件行李。大舅婆远远地走来。江面上已有了一层薄雾笼罩着。

舟子取起了划桨，在水中荡起来，四周起了涟漪潆洄的水波，桨又在旁边的大船身上刮着，发生了杠杆作用，船身逐渐驶出了船林，船上的我和荣哥也同时离开了码头。虽不在江心，但四面已全都是水，一片滔滔的水波。

沿着船林外边徐徐地进行着，江边的景物慢慢地向后退着，那些地方我都很熟识，但由这种角度望去，更觉得美、新鲜，有时简直不认识那地方了。

遥望着向它进行的煤油塔，那里天边是炫红的夕阳，紫色的、红色的、黄金色的霞光，像仙子的腰带，悬于地平线与天空的边际，映着已近黑暗的江面，虽然还想挣扎，而事实只有逐渐减少它的光明，终于成一线了。煤油塔的黑暗的影子躲在树叶的黑影之后，成了一线霞光上的黑斑。

船行进虽慢，终究过了煤油塔，岸上的景物逐渐冷落，也没有船停泊在岸了。

新堤码头处的灯火已燃起了，一线的霞光已消减了，天地已黑暗，宇宙也已沉默了！

回首张望着那新堤市街口的灯火，在远处闪耀着，本

炮台、独角兽和老乞丐（孟厚画）

来是看得清楚的，逐渐远了，小了，又逐渐模糊了。时间一分一秒地过去，我们对它的距离也一尺一寸地增加。那最后的一刻，是灯火的小亮点，为夜气所吞灭。荣哥说："别矣新堤！不要错过那最后的视线！"

我和荣哥换了位置，他躺在舱口，我斜卧在船头，倚着旧箱子，看着那在光明中逐渐消失的新堤。我要哭，我也要笑，我心中有隐隐的创痛，我的动态不能自主，我的情感不能抵制，大概永别已开始了，怎能没有一缕离恨呢？不满一月的羁旅，造成了我对它密切的关系，现在一刀而断，惟有惆怅而已，肚里的叫唤，怎敢惊动寂静的新堤？

在黑暗中别离了常州，又在黑暗中别离了新堤，人生只是如此茫然地行走吗？造成了许多悲哀，向着永久失败的路上走去吗？

江风吹刮着面庞，吹着衣服，我只得握紧了拳头，缩着颈项。

灏灏的万里沧江，送走远客去向他们迷茫的归宿。

天黑得异常，月亮又为乌云所遮，一直没有出现。我们只有向那阔大得茫然不可思议的江心，空射着电筒，一道寒光中，可以见到我们口中吐出的热气。

划桨声不断地响着，是寂静中的音乐。江水下流了，掀起了波澜，船是逆行的，所以船头撞击奔湍，发出了啪啪的声音。

不时有小船在我们的船旁行过，对面而来的船是顺水而下的，很快。和我们同一方向航行的船，便可见它的船头撞着波浪而掀起，听见船头落下时底板击到水面发出啪

江边船群（我戴了父亲的礼帽坐在船头的箱子上看报纸）（孟厚画）

啪的声音。

有时我们的船滞于沙泥，舟子把桨用力划着，船头和船尾掉了好几个身，转了好一会儿才得重新行进。

江岸本是平广的沙滩，而今渐渐成了高峻的厚壁了。仰首望着那黝暗的高堤上，蠕蠕地行走着两三行人的小影和几个亮点的手电筒。

行驶了一个极长的时间之后，我和荣哥发觉在我们船旁又有一只空船在同行着。同时，我们船上的舟子突然和人讲起话来了，空船的舟子也应声附和着。在水声中，他们的谈论声显然是很高的。

我的脚轻轻地踢了一下荣哥，荣哥拿去了我手中的电筒说：

“不要射电筒……”

突然我们的船停止行进了，旁边的那只船也同时停下来，桨声也没有了。谈论声还是继续着。接着又发出了其它琐碎的声音。我看着那两个黑影闪动着，我们的舟子跳到那浮在水上的空船上，而空船上的舟子却跳到我们的船上来。随即那空船掉了头，开始顺水地归程了。

我们的船，随即由新人划起了桨！我和荣哥的情绪紧张了，心中疑惑不定，在新堤常有恶闻流传，我看着旁边那不值钱的箱子，恐惧着不要罹祸！

和荣哥低语了一会儿，最后以为镇静为要，若真有意外，应眼捷手快，见机而行。

一个长时间的静默，似乎等待着什么。

望见江心的小岛，在一片汪洋中，模糊里竖立着数十排桅杆。

那江岸高高低低地退过去，终于在一个地方，船入潴，少顷，又到一处，那里急湍奔流，重重山丘的黑影高出了普通的江岸，船颠簸地驶了过去。那里是岸路的中断处。这次出发前，祖母本想乘车由陆路走，因为路有中断处，所以没有乘车。

我们等得已不耐烦，大胆问船夫：

“还有多少路程？”

但我们听不懂船夫的话，大体看上来，马上就到还是不行的吧。

望见前面有灯火，我电筒的光线便射过去，等我们的船行到那里，才知道那不过是一群大的帆船罢了。舱内点了几盏不十分亮的豆油灯，支离的光线照耀着两三个角落。

遥遥的路程，又使我们增加了疑惑。后面的祖母等人所乘的大船，情形又不知如何。遥隔着为此的大江，要呼而无应。

五六里的路程之后，发现了停泊在岸旁的一只火轮，我以为就是目的地了，用电筒照射着。火轮上的警员好像指着这边说什么话，我们的舟子并不停船，真奇了。我把电筒射到警员身上，警员大声骂着，荣哥急忙说：

“快收下你的电筒！”

我连忙收了下来，原来那警员叫我不要射电筒。接着是我们的船离开了那火轮。我心中大为失望，怎么还不到呢？

幸而没有多时，舟子指着前面的火轮说快到了，一场虚惊才告结束。①

好像听见湘铭的喊声，隐约地从远处传来了，虽然我不能立刻相信，但一会儿又听见喊声了。不错不错，是后面的大船来了！怎么这样近了？其实我们自己以为孤独的时候，他们早已在我们后面了。我兴致勃发，提高了嗓子喊着，高声惊破了冷静的空气，向那边传过去，那边又有回音了！呀，呼而得应了！

我们的目的地——火轮船，是停泊在江心，不是靠岸的。

我们可以看见它的轮廓逐渐显现了，我们的呼应更清楚。原来他们船上有风帆，今夜的路程虽然是逆水行舟，却是顺

---

① 关于这一段经历，我后来于一九三八年秋写了一首七言诗记其事：

树黯霞红煤塔藏，寒江日暮客船航。

新堤今去街灯远，天黑路遥无月光。

逆水降帆潮涌急，风吹浪溅湿襟裳。

山形桅影频频退，舟子交班暗里忙。

风而下。我们的小船上没有帆，所以会给后面的大船追上。

和大船一同向火轮行进了，大船的帆已落了。结果还是他们先到火轮，泊在右面入口处，我们的小船后到，泊在大船的旁边。火轮的栅门开了，里面光线很微弱。

大船上已有人爬上火轮，我和荣哥也攀吊着铁栅，跨上了轮船。回头看，自己乘的船泊在大船之旁，小得可怜。搬箱子的人在船上行动，船身便摇荡不稳。没有东西在上了，小船便在水上氽来氽去。

祖母等人陆续上火轮了，然后又上行李，点件数，下船舱。下面两只大小不等的船和轮船的边沿上，人的黑影来来去去闪动着，人声嘈杂着。

行李上完以后，两只船先后回去了。

跟着母亲上火轮的楼舱，茶房打开了一间舱房的门。室角有柜，中央是铁皮地板，母亲说这房间就是我们事前所订定的。行李放妥之后，人陆续上楼了，在那室内一盏煤油灯下安顿起来，柜子上地板上尽铺了被褥，还挤得紧紧的。

我悄悄地下楼，见船板上搭了些帆布篷，湘铭正在与人高谈阔论，蓬里只有一盏光很弱的灯挂着。

船旁的铁栅已关了，那是一条条清楚的黑影。我过去近伏在铁栅上面，望着那烟波浩淼的长江和那隐约不清的船帆，时隐时现的远处的灯火。

我见了荣哥，他同我走到左面的铁栅处张望。那里有一只贩卖食物的小船，泊在船栏下面，在做生意。船主点着明亮的灯，照着他的货物，可由顾客随意拣取购买。船主是一个老头儿，还带着一个小孩子，生意还算不十分清淡。荣哥说：

“肚子倒确是有些饿了，买点东西充饥好吗？”

我点点头，表示同意。因为我的肚子也有些饿了。荣哥便问那小伙子煮蛋的价钱，从铁栅的空档里互递了两个煮蛋和钱币，我和荣哥各自取了一个鸡蛋嚼着，后来又吃了一些饼。

应该睡觉的时间到了，我和荣哥、湘铭等都上楼睡觉了。室内柜上地上挤满了人，我和荣哥都睡在地上。待人都安静之后，湘铭便把挂在壁上的煤油灯旋暗了，但还剩一线火心。

寂静的时候，忽有人推门进来，说要在这里借住他的生病的女人，但因为室内无空隙处之故，只好拒绝。

室内的人有大舅婆、太姻伯母、祖母、父亲、母亲、“叔叔”、“寄爹”、荣哥、我、珑妹、湘铭、莲芬、平安等十三人。人们都已很疲乏，所以很快入睡了。

次日——廿三日——早晨，明亮的光线已由窗口射进了全室，“寄爹”喊着说：

“啊哟！早晨太阳的光线多美啊！”

我问道：“寄爹！船在航行了吗？”

“已在航行了。”

我们一个个起身，把被褥收拾起来。

我的视线射出了窗外，那斑斓的晨曦之光，辉耀于东方，下面移动着滚滚波涛，一望无际。

开门出去观光，外面风大极，仍旧退入室内。

一个人来开门，大约预备到里面来占些位置，见如此拥挤，口中大声的：

“啊哟！”

一会儿第二个人又开门，又大喊：

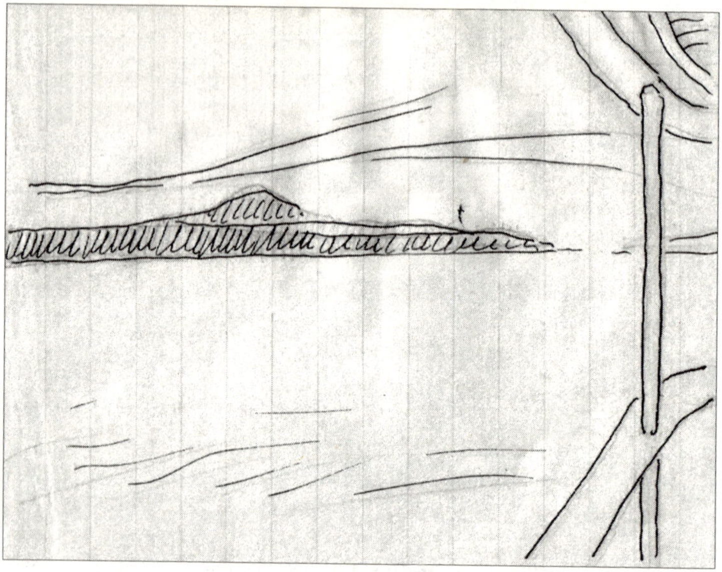

石嘴山（孟厚画）

“啊哟！”

两人都喊了“啊哟”而退出去，莲芬失声大笑说：

“这里的人都是啊哟人，哈哈哈哈……”

吃了一些东西充饥。

几个警员进来缠扰不清，不管房间是否订定过，在室内搁了若干长凳，让一些警员和旅客来坐。我们自然不会不允许。

风较缓一些，便和荣哥到舱外面栏杆边看江水，又谈论着这地方的方言问题。

见到船身上有两个铜铸的字“武安”，知道这只轮船叫做武安号。

船板上供人坐的一排排长凳都空着，只有靠近梯口处有一些人坐着。我独自在那里奔跑着，又在船尾处登上了一个较高的台，数次攀着那根铁杆子踏在船栏上面，眺望着那浩浩的江水，俯视着船底下排出的白浪。

每到一个码头，荣哥便打听地名，写上小册。他又在石嘴山地方，绘了一幅写生。不懂得画理的湘铭，在荣哥的画完成之后，说这山上这里又有房子，那里又有十字架的教堂，怎么没有画出来？画面如此小，山上的房子如何画得出？但荣哥不愿麻烦，便顺了他的心，在图上画了两座小房子。

天已渐暗，船过了金口，下一个码头就是汉口了。

船上的灯亮了。

有一家人从金口上船，也是到汉口去的，据说也是逃难来此，小孩子很多。

天已暗了许久，应该到汉口了。

荣哥所录下的地名，可抄在下面：

新堤、太平口、陆溪口、宝塔洲、龙口、何家洲、嘉鱼、燕子窝、簰州、窑头沟、大嘴、金口、汉口。

远远的一点光辉，在黑暗中闪烁着。是武汉了！愈来愈近，那一点一点连成一片焕然的灯光，熠熠炯炯地从都市里发出，照耀着大江的一角。

船到埠了，在江心掉头，靠上汉口湖北省航业局码头。那里大轮群集，小轮林立，汽烟弥漫，灯光闪动，人声喧嚷，又杂夹着机器马达之声。

我只伏在栏杆上望着武昌的万家灯火。

回到舱室内，一盏明亮的灯，见行李都已搬到楼下去了，只剩不几件不重要的东西和几个人在室内。父亲等也下楼去了。

大舅婆心焦地说，详芝怎么还不来接？因为事前曾拍电报叫他们来接的。

忽有尖声："二小姐！"

是莲芬的唤声，"叔叔"以为唤自己，答应了一声，原来是不唤"叔叔"的，是唤来迎接我们的详姨的。于是大家急忙携了剩下的行李下楼。楼下人们扛行李的扛行李，拿物件的拿物件，父亲正在点行李数目给挑夫，详姨和抱宏都在那里，抱宏对父亲说：

"南京日军屠杀壮男多少万，形势极坏，宜速离汉口为宜。"

这事我早已知道了。

行李交代完了，便跨过许多其他船只的甲板，穿过船林，上岸，又上数十级的石级，到了码头的上面。行李都在那里了，寒风肆威之下，雇了好几部黄包车，乘着，到隆安客栈去。

黄包车从大街转到小巷，到了黄陂街一个小弄的角落里，在一个客栈——隆安客栈门口停下。这门口的样子看上去不像旅栈，我还以为是人家的住宅呢。我们进了门。这栈房也是号栈，和新堤福泰栈是联号。父亲等前次在汉口就住在这里。

开了房间，吃了晚饭之后，便把两天劳顿的躯体躺在床上休息了。

第十四章　奔走在武汉

十二月廿四日上午，八九时光景，荣哥和我跟着父亲到武昌去。我们大概准备回沪，要回沪先要乘粤汉铁路火车到广州，所以要到武昌粤汉铁路总站去问讯。

先在汉口的渡江码头处购了三张票，然后乘火轮渡江过去。轮船大小不亚于武安轮。数分钟后，到武昌码头了。码头极高，人又多，并且满布着抗战标语和漫画，“拥护蒋委员长抗战到底！……”一望之下，民族抗战的气势盛极了。

缓步上数十级石级，见那从江水中伸出的人造峭壁，雄伟得像堡垒。那上面便是久仰的黄鹤楼了。

我们到了马路上，便转右向黄鹤楼走去。踏上那高阔的石级，胸中充满了序严的感觉。到了那石级一半转弯的地方，有小型石塔一座，立于树丛之中，有些像北平北海的白塔，它的后面便是那浪涛滚滚的江水背景。我屡次请荣哥写生，但他拒绝了。

再向上去，石柱上有对联一副，刻着：

“爽气西来云雾扫开天地憾，大江东去波涛洗净古今愁。”

这副对联很有气势。但“雾”怎么能扫开“憾”？恐怕只能增加“憾”吧。不过，单一个“云”字就不成节奏了。

进门过了一块半地，便是黄鹤楼了。可惜这黄鹤楼已不是古黄鹤楼，而是新建的不中不西的有些洋式的茶楼而已。到里面走一遭，也没有多大意义。

仍向前行进着，见到照相店很多，有古黄鹤楼的照片贴出来，比现在的雄壮得多。又见到若干军队在憩息。

再走过去，有一块地方放置着已倒塌的古黄鹤楼的塔顶，以为是古迹的陈列。①

“我们大家都是同乡，不必客气！”

然后我们便回来了。

我们忙着将箱子等物件收拾好，预备明日一早起程。

---

① 以下原稿缺失了六页，后面又缺失了六页，都是作者自己撕掉的。为什么？因为后面六页里面记载着一些情节：我们买到了粤汉铁路从武昌到广州的火车票，一家人便乘火车到广州去。在火车上，遇见一个青年，名叫王焰生。据他自称，他是湖南人，他父亲是个种田人，家中有若干田亩，自家种不过来，就请人来帮着耕种。一九二五到一九二七年大革命时期，他家被共产党划归为地主，因此与共产党结怨。后来，他考上了武昌军校，立志当一名军人，要与共产党斗。这次乘火车，是向校方请了假，回湖南去探望他的妹妹的。《漂流记》是事无巨细、有闻必录的记事作品，所以王焰生的事也详细记了下来。到了“文化大革命”，忽然想起这件事，怕被抄家发现我竟然写下这种犯有“立场错误”的记事，便把后面的六页撕掉销毁了。因原稿簿子纸张前后牵连，所以连带着把前面这几页也撕掉了。后来我被红卫兵造反派两次抄家，《漂流记》也被抄了去。我庆幸及早撕去了这几页！“文革”结束后，我的一些“抄家物资”包括《漂流记》终于被发还给了我。

大舅婆及“寄爹”等人正静待着到四川去的船票。

“寄爹”对母亲说：“你们到上海去，由我带钟到四川去吧！”

但母亲因为亲属远离，诸多不便，生活费手续又太麻烦。而最大的原因是我的读书问题，上海可入原校，便只得婉辞拒绝了。

晚饭后，抱宏到我们房间里来，说：“你们没有到过广东，广东人说话与我们大不同，所以应该有一些小小的准备才行。”

抱宏曾在广东当过几年大学教授，广东语当然是说得很流利了，我们不妨领教。

“你们下车可雇人力车到新亚酒店去。至于新亚酒店，广东人读为‘申倭走殿’，叫黄包车就这么叫法好了。到了旅店便可没有问题。”

抱宏说完便出去了。

睡觉之前，买了一张晚报。据载敌军在南海又积极活动，兵舰的调动极忙，横琴岛已被敌军占领，有犯粤企图。

第十五章　铁道线上——粤汉铁路

一年之末了！十二月二十八的拂晓，气候严寒，灰色的天空笼罩下之大武汉，被那狂驰的北风扫荡着每一个角落。

在隆安号栈中的我们，都已从梦中醒来，忙着打铺盖，吃早饭。父亲和旅馆主人办妥手续后，立刻就要准备出发。

黄陂街的小巷的一个角落里——就是隆安号栈的门口，停了数部黄包车，我们的行李和人一一上车之后，便向来送行的“寄爹”等人告别。

车子到了汉口码头停下，付车资，购渡江轮船票。

码头处没有人，非常冷清。

祖母行动不便，父亲正找人把老太太驮下去，我便和湘铭两人先下码头。我手中提着一只箱子，湘铭背上背了一个铺盖，经过木板的长码头而到了趸船上。我只注意着自己的东西，不注意湘铭把铺盖向哪里一放，只听见他口中喊着要去驮祖母，就跑过去。当我奔出趸船回头时，祖母已由父亲雇了一个汉子驮来了，接着后面又连续地来了许多人。

一只渡轮已由武昌开到了这里，我高声地喊他们快些上渡轮，但“叔叔”等人还在后面，行李已一件件地由莲芬及湘铭等人装到轮船上去了，而人还没有到齐。我赶忙奔回趸船，只见莲芬已在船上守着行李，湘铭还想搬一只箱子过去。趸船上的警员开始关铁栅了，“叔叔”一口气赶到趸船，和警员挣扎着到了栅外，又被警员一把拖回。我们已可听见那只渡轮的机器声，并且见到它逐渐脱离趸船了。

望着那只在江心渐渐消失的渡轮，本没有什么可遗憾之处，因为不到数分钟便可乘第二只渡轮。不过那船上有许多行李，莲芬一人到了武昌怎么拿上岸呢？有人以为到了那边一定会叫脚夫搬上去的，又以为她没有钱怎么雇脚夫呢？况且只有她一个人，行李说不定给脚夫偷了去？……

时间不肯等人，我们上了第二只渡轮，这里剩下的行李虽然点来点去，但不知道那边有几件，所以无从计算是否有丢失的。

到了武昌，见莲芬在码头上等待，行李也都上岸了，她说她将行李用绳子一捆，肩上扛一担，两手提若干，这样地上岸的。我们一到武昌见到了莲芬，喜出望外，以为没有出乱子，连点行李件数的工作也忘记了。

天下着微雨，怪阴的。父亲又雇人驮祖母上那壁直的高数十级的石级，我们各自提了行李登码头，其它笨重的行李又雇脚夫搬上去。人在雨点下奔走着，衣服和帽子都有点微湿，口中呼出的气浓烈地向上飞跃。

毛雨最惹人讨厌，虽然比大雨要小一点，而空气仍是阴凄凄的，不像下大雨那么爽快。

人和行李皆已在码头上集合了，又忙着雇黄包车。一部当然不够，我们在风雨中赶前赶后地吆喝着。

马路对面的汽车间里驶出了一辆汽车，和其它汽车交叉行驶起来，一阵“苏苏”的声音后，车轮底下飞溅出无数的污水。

黄包车若干部都唤来了，我们过马路到了那边和车夫讲价钱，一面嫌多，一面嫌少。车子刚才不够，现在又嫌多，一边抢装行李，一边抢装人。我上了一部车子，又被撵了下来。过了好一会儿，才和母亲合坐一部黄包车行进。只有平安一人是跟车子步行的。

在车中觉得气候极冷，手也有些僵了，如果吃饭的话，手一定不会把筷子抓得很利索了。

在中途，我们见到雪花了。一点点的白色的雪花，起初是少量的，慢慢地下降，到后来增多起来，雪花纷乱飞来了。

到武昌总站时，正是风雪交加的时候。地下泥泞不堪，人站在水洼中看守着行李，父亲到站台上去望火车。

风声，雨丝，雪片中望着那来去不绝的士兵和情绪紧张的乘客。

父亲的影子渐近了我们，他高声叫我们过去，我们各自提了负责的行李奔到那边，父亲指着前面一节火车车厢说：

“上去，上去……”

我们找着了车厢的门，里面已有若干乘客，同时也有两三乘客在上车。我看清了车厢上写着“二等”两个字，便放心地跨上车去。母亲和“叔叔”等也都上车了。我一到里面，便好像进入大火炉。里面的情形是，座位和桌子还不算坏，所以印象小至于像瑞和轮的船舱那样。

玻璃窗上厚厚地遮上一层水蒸气的幕，有些地方已化成了水滴下来。我可以透过窗子，模糊地看见父亲等人在赶着前来上车，他们刚在站上将行李处置好——“结”行李。

父亲上了车后，又立刻离开这节车厢。他回来时，只听见他说：

“车厢房间没有了！早被人家抢走了！”

“怎么？……为什么？……你买票时那人说一定有……怎的他们这……为什……？”大家听见了，聚集拢来七嘴八舌，都有些愤慨。

父亲说：“事已如此，现在绝无办法，房间早被人家占去了。”

“那末祖母如何睡觉呢？”

“就只可以睡在这凳子上了。”

凳子上？这真是无奈了！非常时期到底非常，手脚慢一点就要弄出事情来。但反过来一想，国家在患难之中，将士在前方浴血抗战，有车可乘已是万幸，既然没有办法，那只有一声不响地各自找着各自的地盘坐下了。

荣哥和我、湘铭、莲芬、平安等五人，挤不进藤椅的座位，只得跑到这节车厢的末端，那厕所门前的一块小地方，坐在红漆的小板凳上。门外便是这节车厢和另一节车厢的连接处。假使在车子开动的时候任意跑去逛，那末跌落下去的危险性是很大的。

窗外的风雪中，有儿童的叫喊卖报声。

父亲等在那旁边点起行李来，发觉少了一只铺盖，里面并卷有小皮箱一只，箱内有墨水、铅笔、颜料及母亲的眼镜等物，我们去帮忙找寻，但东找西找找不到。湘铭到站上寻了一周也是没有。但他提议说到站上去打电话到汉口武昌两渡轮码头问询，可是时间怎能容许？立刻就要开车了。

站上响了钟声，接着便是火车头的汽笛声，火车开动了，车轮先在铁轨上作迟慢的摩擦声。我们向武汉告别了。站上人很少，更看不见有送行人挥着的手帕，只有那雨丝和雪片在飞舞。那逐渐加快的轮声锵锵之中，只见武昌站的最后一根木栅在窗外越过了我的视线。

没多久，我们可望见窗外秀美的山峦和明亮的湖水。并且在那里有许多新式的洋房，父亲说这大概就是武汉大学。

我的思潮随车轮转变，突然想到在汉口码头我同了湘铭在木板道上行走时，清楚地看见他背上扛了一只铺盖，到了趸船上就不知他丢在什么地方而奔回去，我们到了武昌又没有查，对了！这铺盖一定是他丢掉的了！我急忙去找湘铭问他，他正在那边讨论这件事，我奔过去高声地问：

“喂！喂！我看见你在码头上扛的那铺盖，你放在什么地方才回去的？……”

“不！不！我没有那箱子，不！我没拿铺盖……那是……”湘铭说。我听了有些愤怒，他素来是我的好友，怎么现在抵赖起来了？于是对他高声说：

“我明明看见你扛的，怎么……”

“不是……那是她在船上……”他用极高的声音盖住我的话。

“我的的确确看见你在码头上……”我天生不甘屈服。

“对你说不是！那失掉的是莲芬在船上的……”他的声音更高，架势是在骂我了。

我更忿怒，当众宣布当时的情形，因为当时只有我一个人在旁，是我亲眼看见的。他现在的抵赖委实造成我极大的忿怒，于是我更不能示弱，又高声地："我亲眼看见你……"我的话没说完一句，他咆哮了！涨红了脸，提高了嗓子压我的话："不是！说不是还要……"他一面说一面便走回自己的座位。我心中极为不快，好像一块石头压在心头拿不出来，因为他阻止我说话。我气闷中踌躇了一会儿，决定还要对他弄个明白，便跑到他那里用了很大气力发表我的意见，可是每次都给他的高声阻止。我心中愈弄愈怒，他简直骂起我来了：

"还是荣少爷好！你怎么如此瞎缠？我跟了屠李二位老太太从镇江到汉口管理四十余件行李，半件都没有遗失，难道这次我会如此糊涂？"

我完全失败了！如果再争论下去，无疑地更是瞎缠了！我心中受到极大的委曲。我好像被人欺骗了，被人侮辱了，我奔出了门外，望着脚下滑过的枕木，听着那永不变更的重滞的车轮声，我没有地方发泄我的愤怒，我像小孩子似的哭了……

我竭力使我不发出哭泣的声音，我拭我的眼泪。荣哥走来了，对我低低地说：

"你何必同他争论，你应该明白你现在的身份，不能再像少爷的样子了啊！"①

① 此处缺失原稿六页。原因已于前面缺失六页处的注释中写明。原稿写在一本用棉线装订的道林纸簿子上，稿页前后相连，撕去此处六页，连带扯去了前面的六页。

上午，我们的火车到长沙了。长沙的车站比较大一点，但非常陈旧。那位军人王焰生，告别我们，要下车了，他还以为我们是到湘潭的，临行时说：大家在湖南，将来或许还有碰面的机会。我看着他跳下车去，心中有一种说不出的感觉。

火车离站时，我们可以看到长沙的风光。铁道似乎造在街道上似的，我们看见两旁有许多住屋和店铺。渐渐地，火车行进在山峦之中了。

父亲唤我到那边去，说刚才有位乘客下车去了，有了空位置，我便移到那边去，荣哥等人还在原处。

我的座旁，一位是九江人，预备到了广州，转澳门到香港去。一位上海口音的青年，到衡阳去的。坐在父亲座旁的，是一位说北方话的青年，本在津浦路上当职员，现在因战争发生，留职停薪，也和我们一样要到上海去。我没有事做，便和他谈谈话，用聊天来消遣。

午过株洲。

我的一个小册子在荣哥那里，因为他要用它写生。我睡了一晚，把要记的地名遗忘了，记地名的工作因而停顿。

傍晚，我在父亲的桌子上发现了两本别人遗下的《文摘》和其它杂志，便取过来阅看，有一篇鲁迅的《说胡须》，很感兴趣。

晚上，车到衡阳。从只有几盏灯的光线下望见那潮湿的站上，堆得像山一样的货物；那地下支离的水迹倒映着几盏支离琐碎的灯的亮点。但当我一放开了那长久收缩着的视线时，便见到那伟大的重重高山模糊的黑影，包围着整个衡阳站，那是多么伟大而雄壮啊！

那位上海口音的青年下车了，但他发现失去了一只皮箱，赶上赶下地寻找着，仍是没有，据说里面的留声机等物价值数百元之多，比我们失去的铺盖贵重得多了。

小除夕——三十日——的中午，车子过郴县。

火车穿过不少长长的山洞，次数之多，也算不清了。在京沪路上视为希奇的穿山洞，这里是家常便饭了。

一路见南岳衡山山峰之连绵不断：崇山峻峣，怪石嶙峋，花果奇异，树木萧森，峥嵘的悬崖，崎岖的山道，岚烟混沌，弥漫于高峰之下，溪流淙淙，锦鳞游泳，涟漪平躺于碎玉或玲珑的白石之上。这些，都是在粤汉铁路上特有的视觉享受，将令我永远不会忘记。

中途的一个站上，和许多人一起跳下去玩，并且在火车头旁观看。

下午，过砰石，已在广东边界了。砰石站的后面，有千仞绝壁矗立着。崔巍而嵌崟，好像那绝壁上面还有一条条纹路，是我所仅见的。

三天的工夫，一直未遇到空袭的惊吓，可是我们却看到了以前铁路被炸的遗迹，在隔了一条河见到了以前炸毁的一段旧铁道及轰倒的火车头。无疑我们所乘火车下面的一段铁道是新铺建的了。

那地方的风景又逐渐美丽起来，碧绿和深绿的树木和花草，和没有止境的无穷的浓阴，高高低低浓浓厚厚地布满于重重叠叠的峰峦之上，布满在碧绿澄清的溪涧之旁。起初我还以为那条碧绿的溪水不过在铁道下数尺的地方罢了。但待我看到两个人在浅水中曳木筏到浓阴深森的树叶洞里去的时候，才发觉那条溪水和我们的铁道高下相隔着一个很大的距离，因为我见那两个人简直像蟋蟀那么小。

凡在旅途中，我有一个困难，便是大解不通。火车里在实在忍不住的时候，只得硬着头皮进那极其污秽的厕所。本来二等车的厕所是很清洁的，可现在是非常时期。无人收拾，弄得满地是粪，马桶圈上也是粪，我没法，只得多用掉几张草纸。

车厢中，因缺乏服务员，也是极肮脏的。橘子皮糖果纸，在座位底下堆积成山了，脚就在那上面行走，最坏的便是橘子皮腐烂的臭气。幸而在某次火车停在一个站上的时候，平安去弄了一把扫帚把所有垃圾污物扫出车外，乘客无一不表示感谢。

我独自到三等车厢看了一下，那里比二等车厢更糟。

祖母和车厢中的一个常州同乡攀谈起来了，那是一位

火车内望出去之田野（叔牟画）

三四十岁的女人。她说自己的儿子现在尚在宜兴或其它地方，她的儿子本在省立常州中学读书，常中迁宜兴时，她的儿子不愿去，但她却强迫儿子去。而在她儿子去后不几天，即因时局不对而自己同了别人逃离常州了，所以她的儿子至今无消息。祖母闻此事极为感叹。

半夜里，火车停在一个小站上。停了好久，又开进站来一部火车，是国际列车。不行了，我们的火车本在国际列车之前，现在被车站当局故意捺慢，说不定要给国际列车先行了。事实果然不出我之所料，国际列车先行了。

一会儿的瞌睡，醒来见火车一动也不动，便把头伸出窗外探望，却见前面的火车头正由另一轨道行到车尾去。不久火车便开动了，好像方向不对，是的，怎么开倒车了吗？我还不信，用力注视看那窗外的景物，是反方向的，火车是在退后的啊！困难来了！困难来了！事情没有理想的那么容易。到底什么事，我们全不知道，难道前面轨道不通了吗？有空袭吗？敌军在广东登陆了吗？那末国际列车又为什么可以行进呢？这里没有报纸，一切无从得知。看吧！看它拖我们回武昌去！全车的乘客大多在发怒了。我却继续我的睡眠。

大除夕——十二月三十一日的早晨，我发觉我们的火车停在一小站上。

好久没有动静，令人气闷之极。一会儿，火车开动了！啊！原来又是倒行的，因为车头还没有掉到前面去。但火车行得很慢，没有多大工夫，便开进了一个山洞，车厢内顿时黑暗起来，待车头和车尾全部进了山洞之后，火车便停下了。不错，在汉口时我曾见报载铁道上火车在敌机空袭时避难的宝地是山洞；

大概刚才站上有空袭警报，所以车子开到这里来的。

大衣袋里的一个沃古林眼药水盒子装的樟脑粉——预备牙痛用的——倒翻了出来，以致各处都是樟脑味儿。

中午，火车仍开回到原站，但火车头并不掉到前面去，火车也不再开动。

肚子饿了，预备吃的面包早已吃光了。有许多人下车到站上去找食物，我也在窗口购了一些东西充饥，荣哥却跟了一大批人到附近的小镇上去吃饭。

荣哥的离开火车我们并没有太注意，可是火车开动了！我非常着急！幸而事情还不过分糟糕，火车仍是开进山洞。不过心中不知回站时荣哥在不在那里，仍急了整个下午。

午后，大概敌机已经远去，我们的火车又慢慢地开出了山洞，停在原来的小站上。大批的乘客早在那里等待了，见车子一到，便一个个地上车来，荣哥也在其中。他上来了见我们刚从焦急转到安定的态度，便说：

"不要紧！我们有一大批人同去，其中有一人是这火车的列车长，所以放心胆大了。"

我们又问他去什么地方吃了些什么，他说吃的是米饭，那地方也算有街市，而房屋之低矮、街路之狭小，和常州的前黄比起来，前黄是天堂了。

我们看见火车头已从车尾处绕了大圈子掉到前面了，总算定下心来。不久站上的口笛响了，火车开始行进了。

傍晚，车过乐昌。

在那晚霞出岫的当儿，火车奔驰于原野，我的头伸出窗外，瞻仰着广东的风光，尤其引起我兴趣的便是那好像长蛇

广东边地所见（叔华画）

蜿蜒的公路。

天未黑前，车过曲江。曲江站比较考究些，火车还经过铁桥。

天黑了，见许多运输汽车的两盏灯，远远地蠕动着。

午夜，车过英德，但并没有经过英德市镇，车站在英德附近的小镇上。

车过军田。

似乎风平浪静了，行进是没有问题了，可是不行！火车停在一个小站上，不开动，原来又是在等待国际列车，国际列车有好多部，我们统统让它们先行。国际列车进了站一直没有停，不过行驶得稍慢一点。只见一个穿大衣的人手中持了一具路签，奔到国际列车车头，给了火车司机，立刻那部列车加速了，离开车站了。

一部国际列车先行了，我们后行也无妨，可是事情并不是如此简单，据一位青年——也是乘客之一，曾在津浦路上做职员——说：路签已给国际列车先拿到，那末我们这部车子，必须要等国际列车到了下一站，由那边站长发了路签给这边站长——发路签类似打电报——这边站长将路签给了我们火车的司机，我们的车才可行驶。

料想起来，国际列车可早到达下一站了，而我们的火车一动也不动，只看见龙头在冒烟。

乘客一批批到站上去问讯，得知那边还没发路签，其它一无理由。

我们的那位青年发表意见了，他说我们这部车子没有路签也可以开，本来用路签的意义是避免两车相撞，现在只要我们的车子开出站后，这里的站长在未接到本车到达下一站之讯息时不发路签给那边的站长，那末那边一定不能开车子过来，当然不会发生两车相撞的事了。除了那边也以此法放行火车过来。这办法虽然大家一致赞同，可是火车司机却不立刻开车，因为若无路签而开车，即有极重大的罪责，最后由这里的站长及本车列车长和全体乘客作保，于是我们的火车才得以浩浩荡荡地开出站去!

哪知不久就是广州小站，天已黎明。

火车再行了一个不十分长的时间，天际已亮了，并且立刻就要到广州了。我们互相提醒着当心各自的行李，荣哥及湘铭等人也集合到这边来了，各人收拾用具，穿上大衣，准备下车了。当火车渐渐停下来，车轮下发出了放气声的时候，我意识到这一次逃难途中的粤汉长途，总算告了一个段落。

第十六章　珠江之畔

中华民国二十七年（公元一九三八年）元旦的清晨，六时，我们将我们的躯体和灵魂长驱到了南国的都会——广州。

在似乎有烟波——或者就是火车轮下放出的汽——的广州总站下了车，顾前顾后地照料着，提醒不要遗失行李或走失人，总算到了休息处，找了个长凳坐下。观察了一下，好像广州总站的建筑较其他火车站宏伟些。

父亲去接洽，取出行李后，遇到了泰安栈的招待员，那人会说一些不十分纯粹的上海话，我们还能听懂。我们就不一定到那华贵的新亚酒店去。

到了广州站外的马路上，本想雇一部汽车，卒为节俭起见，雇了若干部黄包车，乘上，连同行李，行进于第一次涉足的广州马路——长堤。

时间尚早，马路上行人不多。气候温和，虽在冬季早晨，也并不觉得寒冷，跟武汉相比是大不相同了。这里的三两行人，足着木屐，身穿单薄的短衣裤。想到在车子上身裹重裘的自己，不觉有些好笑。

间或驶过一两部汽车，并且看见了一部绿色的新亚酒店的专车。

这里的建筑不下于上海，尤其是那数十层楼的大厦——爱群大酒楼矗立云霄，固然赛不过上海的国际大饭店，但也不见得过分示弱。

从各方面观察下来，广州的形势并不大惊小怪地严重，并不像敌人即将登陆的岌岌可危的样子。

到了泰安栈门口，我们相继下车。把行李交给泰安栈房，交代清楚以后，便跟着招待员上楼，开了七号房间。房内有两张床，一张方桌和一张梳妆台。我们的肚子早已饿到背皮，立刻叫了几碗面来吃，哪知面硬得像铁丝，还说是鸡敷面，到底广东人胃口强。

广州的币制，不很统一，我们用法币付款，他会找给你广洋。广洋一元价值较法币一元稍小，合算起来极麻烦。虽然如此，但法币的通行还不发生困难。而据说到了香港，则非换港币使用不可了。

广州市珠海桥。珠江上的海珠桥，始建于1938年，桥长180米，宽18.3米。为简支拱形下承钢架开启式桥梁，为便于江上轮船通过。1949年国民党溃退时炸断了海珠桥，解放后修复。修复后桥长486米，正桥182米，桥宽33米，桥面不能开合

上午有空袭警报，飞机声轧轧轧轧地远远近近不消逝，渐闻高射炮声，轰轰轰！震动了全市。而我们旅馆对面的泥水匠照样在造屋，起重机声也不停止，街上店铺照样在营业，路人举头张望，一点不慌乱，广东人之胆大和镇静，可见一斑。况且，广州已经被轰炸过了。在如此情境之下，我们也有一些不怕了。

1950 年 10 月，海珠桥被炸断后重建通车

放了解除空袭警报后，湘铭去买了一大批甘蔗来：价钱便宜，东西又美，一毛钱就可以买一大捆，非常适口，汁水又多。一次不够，荣哥又去买了许多回来，我们大嚼，嘴都吃毛了。

中午同了父亲、母亲、荣哥等到外面去吃饭。祖母不便行动，留"叔叔"伴祖母在栈内，我们带了饭皿出去，带食物回来，给她们吃。

出门向左就遥见海珠桥的远影。慢慢踱去，到了虎标永安堂，又到陈壁光铜像下面，抬头瞻仰了一番。

还没到海珠桥，就找到一家馆子。房子极小，是一条五尺阔的长巷似的屋子，两旁墙壁上都糊满了白纸，每隔数步即放着一张小桌及若干凳子。我们在其中一张空桌旁坐下。这里看样子倒还整洁。我们向侍者要了几碗刚才在门口见到了被它吸引的潮州鱼皮饺。味道倒很不错，可惜东西只有一小碗，只得另外再要了些别的食物来充饥。我们吃完后便捎了若干鱼皮饺回栈去给祖母及“叔叔”吃。

在火车上大解不畅，已成了干结。幸而这里厕所很清洁，使我的肠子通顺了。

湘铭和莲芬的房间离我们处不远，里面堆满了一桌子的甘蔗。

没有事做，就到广州市街随便逛逛，见到广州的特菜“龙虎斗”。这菜是蛇肉和猫肉合烧的，固然可怕，倒是别开生面，可是价钱很贵，我们舍不得花钱尝一下。同时也有蛇肉单烧的。荣哥数次想尝异味，卒因价格太贵未成。这里水果很多，价格是相当便宜的，又有烧虫摊子沿街摆着，我走过见到，以为那是玩具，一只只蚱蜢、螳螂等虫类，烧得油光闪烁。后来见有人买了吃的，我不能不引以为奇。

广州有电车轨道，但没有电车行驶。据说是某主席到任广州后，从事公共事业，但电车轨道刚铺好，该主席即被调到别处任职，后任者没有继续做这事，故广州迄今有电车轨道而无电车行驶。

广州入夜后的霓虹灯市很繁华，戏院门口的灯尤其亮得令人注目，我们客栈临近就是一爿影院，正在公映粤语片《锦绣山河》。

傍晚跟父亲等到一条较冷落的街道上的一家破碗馆子内吃了晚饭，广东菜很别调。

第二天——民国廿七年一月二日——我们要游珠江上著名的海珠大桥了，因为一月三日就将动身到香港去，不游便没有机会了。早餐后，便出门向海珠桥走去，望着那一条条的铁桥栏，渐渐离我们近了，最后终于到了眼前。人非常拥挤，菜担子又特别多，汽车也来往不绝。一步步上阶级，到了那海珠桥之上，见它的确伟大，两旁有铁栏拦着，桥顶有铁板盖着，“海珠桥”三个红字大匾在桥的两边挂着，桥两边斜坡处各有一所白色的房屋，大概是起桥时指挥操作的机关室。桥上分人行道和汽车道两部分，用大铁杆隔着。我们向桥下的珠江俯视，只见无数船舶，星罗棋布地聚集在这条浩淼的大水之上。

下桥时，不是走原来的阶级。原来的阶级本是在中途添造的。我们依着汽车大道走下去，这条道为平衡于桥梁之故，较街地高出一部分，渐渐和街地相符合。那高出的道路之下便是房屋，设计得真经济呀。

仍绕原途回去。回头观看那桥时，恰巧见它分开来，是用电力将桥的两部分像起重似的吊起来，让下面珠江上有高桅的轮船通过。当桥的两部分分离时，遥见有一个人冒险从一部分跳到另一部分，真危险啊！本来桥分开前须由负责人禁止桥上之行人车轮通行，等到一物不留，将铁门关好后，才可起桥。这次显然事情没有办周到。

在一家较上等的圆形大理石台子的饭店吃午饭，其实饭菜反不如小饭店的好，而价钱却贵了不少。

午后父亲购了两只烧熟的虫回来，大家都不敢吃。我不怕，偏要尝尝，吃了，味道还不坏，似乎和蟹有些相同。

船票已购好，决定明天早上出发。

在昨日晚上去过的破碗饭店内吃了晚饭，便回旅馆早些睡觉，以备明日起早。八岁的珑妹怕自己明日不醒，对母亲说：

“明日我如果不醒，一定要喊醒我；还不醒，便高声喊；

再不醒，那末搔搔我的脚底就行了。”

一月三日早晨五时，我们都早早起身，珑妹当然也醒了。简单的早餐后，跟旅馆办妥手续，便使人去雇黄包车。

户外天色尚完全在黑暗中，似乎很阴霾。我们告别了泰安栈，乘上了黄包车，在无一行人的街道上行进了。暗淡的路灯，还没有熄灭。车子在某一个地方停下，说是到码头了。我也看不清楚，似乎不十分像码头，因为满是房屋，见不到江面。车子既然停下，我们无话可讲，付了车资，坐在铺盖上。据说这里确是码头，非到规定时间不开铁栅，我们只有等天亮了。

天下雨了，虽然是毛雨，地下却潮湿起来，荣哥穿了布鞋，要找橡皮套鞋穿，找来找去找不到，再一想，原来给平安在旅馆中放到天台上去晒的，没有收回来。想再回去取，恐怕来不及，只得放弃。

天渐渐亮了，人愈来愈多，总算开门了，但挤得水泄不通。祖母等要争先过去是休想。但我们总算在人潮汹涌中挤过去，赶上了香港班轮佛山号，行李也百般麻烦地搬到了轮船上。祖母在人潮减退后，由父亲扶上了轮船。

但是又有麻烦了，在通舱的底层，钻下去，把从铺盖中取出的被子赶紧在铺位上铺起来，既要与别人争夺铺位，又要顾自己已占铺位不被别人抢去，结果将被子弄得脏极。

荣哥又从箱子上爬到上层去，因为下层已挤不下了。他在上层遇到一位广东人，荣哥不懂广东话，那人不会说国语或上海话，结果他们用英语讲得极起劲。

佛山号在行进中。

午饭时坐在舱的边沿上吃了一碗干饭。

下午徘徊在楼舱的栏杆边，在官舱之旁。望着珠江的涛浪，过了虎门，又看到南海的绿水，比土黄色的长江要清得多了，尤其水浪碰着船壁卷起的白沫，有无限之美。下楼后，知道父亲找我好久了。

四点钟时，船已快到香港。果然，我望着那伸出在海面的小岛了。那里似乎繁荣得很，全部形状约呈紫色的一座小山。它渐渐靠近我们，我们的船也终于到埠了。船内起了哄声。

第十七章　南海一小岛——香港

在香港的喧嚷的码头旁，我们的佛山轮抛锚了。船上的乘客陆续上岸，舱内空了好多。我们持着镇静的态度，等大部分人上岸后，才提着行李上岸去。有个旅馆招待员请我们到平安旅馆去，香港的平安旅馆与广州泰安栈是联号。

仍旧由黄包车拉到了平安旅馆，离开码头不远，就在沿海第一道市街上面。

到了楼上的一间房间内，有两床二桌，较泰安栈的房间要大些，所以湘铭等不愿另开房间，只要在地上铺了被褥就可以睡的。但见台上有一块章程牌子，说明这房间限住三个人，每日五元。我们没有顾得这许多，旅馆方面也没有派人来交涉，我们以为就可以马马虎虎过去了。

到香港后立刻要办的事便是将国币的一部分换了港币，否则是很不方便的。

然后便出门去观赏香港风光，我们足迹所到之处还都限于沿海的第一道市街，没有上山去。在十字路口向后面望去，只见紫色山头，在糊模之烟云中，今天的天气不十分好，是阴天。

20 世纪 30 年代的香港

香港的电车、公共汽车往来不绝，交通比广州繁忙。据说还有爬山电车可直达山顶，假使有机会，总想去尝试一下呢。

当下便在一爿店里购了两块钱的蔗糖，真便宜，一元可以买到十斤，广东是甘蔗的出产地啊。又购了两筒鹰牌炼乳，预备带到上海去，四角半一筒，这价钱在现在上海是不会有的。

第二天上午，我和荣哥便随了父亲连同湘铭到山上去游玩。从垂直于海岸线的市街向上走去，第二道市街是整洁的公司洋房，再上去便渐次变化了，饭店小摊沿街摆满，第四、五道市街便要登五六层的石级才到，这里有菜市啦，卤咸鱼场啦，不久便要走斜马路了，要登高了，进入幽静的住宅区了。马路极斜，有石级的倒不成问题，就是走在滑溜的柏油路上真要当心。这路原因为有汽车上下，不可不筑，至于给人行走的石级当然不会没有，只是我们不认识路，没有办法找到。

每至一层，父亲总说不要再上去了，但我和荣哥还要上去。结果一层一层地爬上去，每层游玩四五分钟。最后终于到了一层较空阔的平台上，那里恰巧有一个可以扶栏望海的地方，我们遥望对岸，见到九龙的烟尘，南海的天际，滔滔的大水，都在眼前了。

再想登高，时间与力气双方不答应，只好转另一条路下山去，可以再多看一些。但是在向下倾斜的柏油路上行走，更非留意不可。

有一点奇怪，以为香港既为英国统治的地方，必有很多英国人，但是这里却半个外国人都没有遇见，无论什么地方都没有见到，在上海反而有很多的外国人。

不论早饭、午饭、晚饭，都在旅馆外面吃，时间没有一定。傍晚我们和母亲出去买东西，回来时一同在沿街的一个摊子旁吃饭，坐在马路边的木板上，一碗汤就放在马路上。我们哪里管得许多，只顾大嚼。母亲认为太不成体统，一口饭也咽不下。

在旅馆里，我找到了浴室，就在厕所隔壁，据说洗一次浴要付相当代价的。晚上我又独自上楼，一直到了屋顶上，并没有人来阻止我。在屋顶的平台上，清风徐来，夜气很冷，正想下楼，但回首一瞥，突然飞来一幕奇景，令人惊奇而呆住了！原来香港山上繁华的住宅区，到了晚上发出了万点灯光，璀璨炫耀，一片辉煌！更应着天空中的月亮，灼烁塞天地，美不胜收，仿佛进入了另一个世界。

不久打听到六日晚上有一只太古轮船苏州号开往上海去，父亲便托旅店主人去为我们购船票。

五日上午，我和荣哥跟着父亲到壁打街去。我们从前有一家房客，现在在香港壁打街西门子洋行任职，我们要去访问一下。沿途问东问西，总算找到了壁打街，要找西门子洋行又是问题，最后被我发现：一座洋房门口有铜牌子数十块，其中有一块是“西门子洋行”。其它什么公司什么办事处不可胜数，我们不管它。我们进门乘电梯到了西门子洋行的门口，从毛玻璃门推进去，里面有许多人在办公。我们站在像柜台似的东西之外，看来看去找不到像蒋雪村样的人。其实分别的时间长久了，早已认不出来了。幸而另一个职员走过来打招呼，请出蒋雪村君来。他好像已不认得我们了，父亲对他说了许多话，他似乎也莫明其妙，只知道我们是常州人而已。他也是常州人，我们互相讲常州话。但当他看见了我之后，才恍然大悟似的记忆起来了，我们家原曾是他家的房东啊！

雪村先生是一个极诚恳模样的中年人，身上穿了件灰白色的布长衫，态度仍是那么和蔼，只是面貌又老了一些。他在西门子洋行中任职已有好多年的历史，不是他那沉着的为人，那里会有今日？

当父亲将我们的经历略述了一遍之后，他也不禁叹了一口气，似乎有无限的感慨。

我们不能影响他太多的工作时间，只得抄下他的住宅地址，匆匆告别了。

回家得悉托旅店主人所购船票已购得，是通舱的。我们决定明日离开香港。

下午父亲专程再到雪村先生家中拜访。傍晚雪村先生和他的夫人毛太太又一同到平安旅店来回访我们，并且带了一个小宝贝青儿来。真奇怪，青儿已经长这么大了，在常州的时候，还抱着吃奶呢。

雪村先生的长子大介在九龙一所学校读书，他的女儿慧和乐在香港的学校里求学，还没有放学，所以没有同来。

谈了好一会儿，雪村先生因事先离去，毛太太不久也告别了。

晚上，跟旅店算账。船票的钱是早已付过了，而房间费却起了很大的争执。本来第一天进房间就看见章程上写本房间限住三人，每日五元，旅店既无人来交涉，以为可以通融，现在却看到所以然了。那位两撇小胡子戴眼镜的胖子账房，因为我们房内有十个人，超出原则规定七人，每人每日以四毛钱算，共二元八角，加上原则定价五元，每天要七元八角，共住三天，以二十三元四角计，还算是客气的。我们哪里肯答允，先是父亲向那个胖子苦心解释，说我们是难民，大家是中国人，应该互助。但那位账房先生却现出绝不变更初衷的样子，父亲虽一次、二次、三次而至四次地解释，他却连眼都不看一看，真是铁石心肠，最后竟咕噜叽哩地骂起人来了。湘铭不是能忍耐的人，几句话讲得不对，早已怒发冲冠，大声骂账房为“狗”。我心中以为讲条件不要紧，相骂或许不太好。岂知那位胖子的涵养功夫超群，一点不生气，但也丝毫不减价。湘铭愈骂愈怒，继而肆意大骂，面孔发成红色，旅店内许多客人都出来看相骂，形势有些渐趋紧张之势。

湘铭在后面加劲了骂声，父亲在前面问那胖子：

“你是不是中国人？”

胖子一声不响，父亲便掏出船票来说：

“好，那末请你去退回这船票，我们可以永远住在这里！”

胖子又是不睬，船票买了是不可以退回去的。湘铭赶来把手指点着胖子的鼻尖，恨不得打他耳光，口中大骂：

“你这强盗！贼！强盗！强盗！强盗！奸贼！奸商……”

父亲没有办法的当儿，正有一个难民样子的妇人和她的女儿在旅店和茶房起了争执，茶房猛烈地夺取女孩手中的包裹，女孩哭喊着，妇人也像发狂似的拉开茶房，但茶房仍拼命抢夺，女孩的哭声打断了湘铭的骂声。父亲上前一把抓住茶房衣襟，大声地问：“你在干什么？”

那茶房一望之下，置之不理，仍是猛烈地抢夺女孩的包裹，父亲面色变成铁青，命令似的向大家喊：“你们喊救命！遇到强盗了！”

又向湘铭：“你到外面去叫警察！”

“救命！救命！”

胖子脸色突然一变，当湘铭奔到旅店门口时，铁栅门迅速地被关了起来。

茶房停止抢夺女孩的包裹，溜到别处去了。

于是父亲走进柜台里去，胖子叫另外一个人出面，将价格稍捺低一些。

“怎么？十八元还不行吗？”父亲说。

那人摇摇头。

“那么你的意思仍是不减……”

“不！不！……二十二元也已不能再减……”

父亲便又取出船票来说：“那么只得请你去退回这东西了。”

于是那人再减了一些，最后父亲不愿再麻烦，付给他二十元，并且说明明天由旅店包送人和行李上苏州号轮船，他们同意，一场风波才告结束。

父亲回到楼上房间里，说：

“要不是这样一个红面一个白面干一下，哪里肯减半个铜子儿，嘿嘿！”

第十八章　天涯畅言

一月六日的早晨，我们离开了平安旅店，在海岸边的码头上徘徊着。

平安旅店的茶房负责将行李运到码头上，我们跟了他东一个码头西一个码头跑着，小船还是找不到。后来在一个伸出海岸边的阔码头上停下来。一只小划子船承接了我们的行李，划向苏州号轮去。

茶房叫我们在码头上等待，他一人径自跑开。当我们正等得不耐烦的时候，他来了，并且指着前面开来的一只汽船说：

“你们乘这只汽船到轮船上去！”

汽船靠近码头，我们上了船，汽船开动，我们离开香港了。

绿色的海波，在我们的四周荡漾，我凝望那座渐远的紫色的山。

汽船到了大轮船苏州号旁，早已有许多先到的船，我们只好排了队慢慢地依次上船。好容易挨到我们，一个个上扶梯，那梯子好像已用了很多年月而发软了，尤其当祖母上扶梯的时候，我更加有些胆寒。还好，我们都一一平安地登上了轮船。

父亲吩咐我们在甲板上休息一下，他去检查行李。我们便倚在栏上，望着那些忙碌的脚夫的活动，只是海风太疯狂，我有一些吃不住。

甲板上人们往来得太忙碌了，一台大的起重机正在把货物一箱一箱地吊进货舱；搬运货物的人又在一件一件地接下货物掷到货舱里。乘客们来来去去，搬行李，叫喊；又不知哪里来的一大班小贩，在高喊着招揽顾客。

我们看见这船的缆绳系在海中许多铁墩上面，据说这铁墩是一直深入海底的。

父亲在船艄上叫喊我们，我们便由铁质的扶梯爬上船艄，那里好像是一个面积很大的高台，四面围着铁栏，顶上也有一条条的铁架，必要时可撑帆布。这地方可以左望香港，右眺九龙，观看那蔚蓝的天空和碧绿的海涛。我们可以静心地欣赏。父亲说我们就要在这里安顿下来。

行李已放在右面栏旁，我们连忙把铺盖打开，取出被褥，就在这里铺了起来。

这是抢地盘，不能慢一点。这里已经有小少捷足先登者的帆布床搁着，我们手脚虽快，还是吃亏的。

马马虎虎布置就绪以后，我下楼到甲板上去玩，见到货物还在搬运着，汽船、划子船源源不绝衔尾而来，人愈来愈多且愈挤。时间已近中午了。

我上上下下走着，荣哥和湘铭不知到什么地方去了，我吃了一些干点心当午饭。

有人喊我到货舱去占位置，我有些奇怪，急忙下楼赶到货舱口，见货舱里面很空旷。上面起重机吊进去的货物一直到船底，上层只有数十堆麻袋放在那里。猛见角落里有两三个人在，就是荣哥和湘铭等人，我便急于要下舱去。舱口有垂得笔直的一圈圈铁圈连续成的扶梯，必须反转身体，用手扶住，用脚踏下去。它一直通到舱底。底舱也开着，接受起重机吊下的货物。我这样爬到上层货舱，跑到荣哥那里，选择一个位置躺了下来。

仰望着朝天的方形舱口，庆幸这里还有阳光射进来，起重机不时轧轧轧轧地吊进了一大堆货物，又轧轧轧轧地把货物吊下底舱。我们这层的舱壁两旁，有圆形的大窗洞[①]，脚夫打开了左面的一扇，一看出去，外面就是海平面，窗口旁正泊着一只运面粉的货船，那船上搁起一条光滑的跳板，由圆窗洞伸进我们的货舱，一袋袋的面粉便由那条跳板滑进舱来，这里又有脚夫接着，把面粉堆积起来。面粉布袋上的字说明是美国货。面粉由布袋装着，装卸时面粉飞扬起来，这种消耗是很大的，但补救的办法在哪里呢？

不久右面也开启了一扇圆窗洞，脚夫们又忙着搬进一箱一箱像是啤酒似的东西。我无聊得很，爬起来走动走动，恰巧右面圆窗洞口的人走了，我便走出洞外，在船栏上张望，一脚跨过去，踏上了一群浮在海面上的空划子船中的一只，船上没有舟子。我回头看我们的轮船，只见眼前横着一条黑色的巨壁，这就是苏州轮的外船壁，一眼望去，那圆形窗洞一个个排列过去，好像一串珠子，和上面的一根根船栏恰好成了一个对照。起重机吊的东西在我头上轧轧地过去。我仍回到舱中去休息。

---

① 或许就是门，或即使称它为门也未尝不可。

但是事情很不顺利，我们好好地坐在被子上，突然来了一位水手，对我们说，这里是货舱，要堆东西，不能供旅客居住。我们只得离开了。

又爬上船艄去，见人挤得满极了。到了父亲那边，看见了两张帆布床，原来是父亲买的。虽有船票，不买床还不能占有位置，只得买，六块钱一张，又是被敲了一下子竹杠。

第二次刚玩够了爬上船艄，人早已挤得水泄不通，总算左挤右挤到了我们占的所在，见帆布床已经折起来搁在一边，而在船板上铺起地铺来。原因是帆布床经不起人轻轻一坐，一张早已裂开了，这似乎又是意外的事。

我吸了一口气，天色已渐渐灰暗。开了一筒广州搞来的五尾鱼，嚼了一块面包后，便和衣钻进地铺上的被窝里。

半夜两点钟，船开始航行了，听说荣哥和湘铭睡在甲板上，没有上船艄。

船艄上没有电灯，一入夜便黑暗起来。船已远离香港，在海浪中颠簸不已。

起初还不觉得，渐渐颠簸得使我有些头晕，但是又不十分显著，似乎一半醒着一半睡着，又常受惊吓。

梦极浓，模糊间突然惊醒，眼前一片漆黑，脑涨得厉害，心悸也厉害。海风夹着水点卷进被窝里，脚紧压着被角，提防被子随风飘去。阴风刮过身子，被子哪里有用。脸上盖上一层水，耳朵里只听见一种呼呼之声。

船顶上铁杆扎着的帆布，不知哪里脱了一只钉。风愈刮愈大，一部分帆布哗哗哗哗地飘动起来。我们三面受袭了。

又是一阵狂风把我惊醒，感觉附近的帆布篷起了一条裂缝，那裂缝时时刻刻扩展开来。只听得一阵风啸之后，便是“哗”的一声撕裂声。那裂缝一直从右端伸入左端，整个帆布篷便裂成两块了。

裂缝处不挨着铁杆，风把两片帆布狠狠地卷起来，不一会儿，便有一条条帆布的碎片落到我们身旁，大部分碎片飘到海中去了。

当我再醒来时，已是第二天了。风停了，青天碧海，恐怖的时间过去了。但是当我一坐起来时，一阵剧烈的头晕逼我仍然躺下去，一点气力也没有，头贴在枕上，只觉得船身还是在猛烈地摇摆，胸中好像有什么东西要突围而出。我努力镇定着自己。

水手送来一桶又一桶饭，我哪里吃得下，只是闷着头睡觉，睡又睡不着，只觉得头晕。

一个光棍样子的人，从他的地盘上走到外面去，满地是被褥地铺，所以行动极困难。他到了我们这里，却想贪便利一脚跨过祖母的被铺，结果踏脏了被面是小事，而是在祖母的脑门上猛烈地触碰一脚，祖母惊恐地喊了一声。父亲跳起来争论是非，理由当然是他不足，但他非但不道歉，反而骂起父亲来，跟他一起的一帮人也都应声而起，什么下流污秽的骂句都会出口！我们只好自认晦气，何必跟这种下流胚子斗嘴呢?

船的颠簸一刻也没有停止，我的头晕哪里会好。祖母虽然吃了一些小痛苦，而与晕船一事却丝毫不搭界，照常喝汤吃饭，这真是令人羡慕，连父亲也有些不适呢。

这天夜里的景象真有些骇人，我常被锐风惊醒，风较昨夜的更大，船顶的帆布统统被卷去。仰首看天，一片乌黑。

岂知没了顶篷，雨点就飘落下来。我没有听见别人叫喊，疑心是风刮来的水花，幸而后来没有再来，我又在模糊中睡去。

八日上午，船震荡得剧烈，正在风浪最大的台湾海峡中航行。我变得病人似的，第一次呕吐出黄水，弄湿了一大块被子。后来在一个饭罐里吐出了许多绿水，不吃东西还要吐。加上头晕，弄得一些气力也没有了。

我知道，这不是生病，是晕船，晕船没有多大关系，只要船一停，便可立刻恢复原状的；也许只要风浪小些，船不摇得厉害就可逐渐减少痛苦。听说航行四十小时即可到厦门，那么今天下午就可到达，我耐着性子等吧。

果然在下午四五点钟的时候，汽笛声不断高鸣，有一部分人已收拾起行李来。

船的速度已锐减，我渐渐不觉得头晕了。

船徐徐地进港，我们船艄上一个绞缆的机器旁站着两名水手，他们发着话，水手将铁丝绞成的粗缆抛到码头上，有人把它套上了铁墩，船便停泊下来了。水手们忙着架吊桥，搁跳板。人来人往，一片喧哗之声。

父亲对我说：整日睡着不好，应该下面去走走，我也想去找荣哥，便爬起来，下楼到甲板上去。一见情形与前大不相同了，巨大的货舱口盖上了木板，上面铺了被褥，早已成为一些人的床铺了。荣哥和湘铭睡在前端。这些地方和我们睡的地方，一是舱口，一是船艄，平时哪里有人睡呢？荣哥占的地方还十分不适。据说他也吐了一次黄水，湘铭还好。我想晕船的人一定是很多的。

厦门的橘子实在便宜。这里的橘子称为“福橘”[1]。味甘美，果硕大，两三分钱一只的已很可口，可同广州的甘蔗媲美。实际讲来，这里吃一只福橘，好像在家里吃一颗梅子差不多。母亲买了三块钱橘子，预备带到上海去送亲戚，提出两篓作沿途解渴用。我们可以放开吃了。

晚上，我们睡的那个艄棚里走进来了两个海关检查员。我们虽然不在厦门上岸，而行李他们却偏要检查的。艄棚里没有灯光，检查员的电筒便东射西射。行李少的要打开，行李多的也要一件一件打开。一位检查员在兜底翻检旅客的一只皮箱，发现一只表，便取出放进自己的口袋里。一会见在别的箱子里发现一沓钞票，又是没收。旅客恳求的眼光，和他不屑一瞥的眼光。

忽然嘭嘭地敲起我们的箱子来，高声地：“谁的东西？”

父亲走过去承认，检查员说：“快打开来！”

父亲到皮夹里掏出两块钱递给那个检查员，检查员迟疑了一会，又：“打开来呀！”

父亲又摸出了一块钱连同两块钱一总放到那人的手里，那人才走开了。

我们在通舱里弄到了一个位置，祖母便到通舱里去睡了，虽然很挤，总可少受些风浪。

不久我也被喊到通舱里去，我从甲板末端一个洞口走下黑窄的扶梯，便到了通舱。人挤得较艄棚上更厉害，空气是一股闷热，几盏电灯，乌烟瘴气。这地方原也是水手的住处，和上次在长江中瑞和轮上我们住的地方差不多，不过这是船

① 福建所产的橘子称为福橘，厦门属福建省。

尾那是船头罢了。现在这里也是水手让出来的，但地方还不够，所以有些人又挤到船艄上去了。我在这里看见了祖母，她正睡在一张帆布床上。但我找来找去找不到还有什么空位置给我睡。后来才知道祖母床底下铺了一条被子，便是我的住处了。我钻了下去，身体还不能伸直，头和腰只能弓曲着。四周地上都是果皮，一股恶臭。但我只有忍耐，只想着到了上海以后，便可安心求学了。

九日清晨六时开船，离开厦门。

我终日闷在床底下，低着头，曲着腰，并且终日吃橘子。

我的头旁，堆满了人家扔下的臭橘子，橘皮和一大堆的痰，发出了混合的异臭。有时上面抛下了一瓣烂橘子，一直滚到我的被子上。上面床上有一个女人，恐怕是生了肺病，一分钟要咳嗽数回，咳一回就吐许多痰，吐在我旁边，唾沫常常溅到我的脸上。祖母爱吃的一瓦缸腐乳，搁在地上，上面已盖满了痰涕。小孩子的排泄物，因为船震荡的缘故，也会滚到我的身边来。幸而我不晕船了。船已出台湾海峡，进入东海了，东海风浪小，所以船摇摆得不厉害，我也不头晕了。只是头弯着，腰曲着，在垃圾里生活着。

十日上午，父亲到通舱里来，喊我到甲板上去透透空气。我便爬起来。头颈酸极了，我舒展一下腰，然后向扶梯走上去。一出舱口，完全是清气，蔚蓝的天空上几朵白云，一望无际的海水和光明的太阳！在通舱里永远见不到阳光，是会真的令人生病的。

我去看荣哥，他真舒服，斜倚着在看报。湘铭拿一张报，指给我报上一个电影院的广告，放映的是中日战争实地拍摄的影片，内中有一段为“肉搏常州”，湘铭认为没有在香港时去看，实在是遗憾的事。

这天我一直在甲板上玩，与前两天完全变成两个人了，精神似乎完全恢复了。可惜没有到船艄上去看望母亲和“叔叔”。

中午，在海中远处看见了陆地和许多小舟和村落，听说是舟山群岛。

船过宁波小停，一直开向吴淞去，大概明日早晨就可到达上海了。

荣哥在下午叫了一碗蛋炒饭吃，钱和饭都在一扇铁门脚下的一条小缝隙中作交换，门不开，也见不到厨子[①]的面。蛋炒饭味道倒还不错，我也叫了一碗吃。

一到傍晚，情形就变了，海潮澎湃作声，风浪又掀动起来。我到船上来以后一直没有大解，由荣哥指示，到一间厕所里去，蹲着、蹲着，身子随船一摇一晃，哪里解得出，险些要摔下去，只好出来。一位老太婆，身上披了一些稻草取暖，躺在厕所外面的前廊里。那地方恰巧是风头紧的地方，她呻吟着，在生病呢，面孔早已不像人样了，但是稻草还是被风吹得一根根地向海里飞去。……

天渐渐暗了下来，风更大了，甲板上常有海水溅上来。

夜已来临，只得重新钻到通舱里祖母的床脚底下去度过这最后的一晚了。

十一日的早晨，天还没有亮，人都醒了。

我独自到甲板上去。天色很暗，荣哥也在起身收拾了。

① 他们喊厨子为“邦得利”。

风很大，有些阴气，船正在长江口前行进，不一会就要进吴淞口。

我站在栏旁向远处的一座灯塔望着，无疑的，我的好奇心被它吸引了。一明一灭，一明一灭，红光一亮，黄光三亮，这是信号？我虽然不懂，但在如此茫茫的大水中见了这么的一道金光，谁会不惊喜呢？

再回到通舱，见床铺都折好取去了，空旷得很。而我睡的地方的一堆橘子皮、痰等物，还依然存在。奇怪得很，别处都没有污物，独有我那里一大堆，现在连看一下也觉得恶心，当时睡在旁边不知怎样过的！

母亲和“叔叔”也到下面来了，我已有数日不见她们。

天渐渐亮了。

我又跑到船艄上去，那里也变成很空旷了。这时轮船已入吴淞口，在黄浦江行进。一股晓气，和猎猎大风，包围在我们的四周。仰首望去，见那粗壮的桅杆上悬了一面英国的米字国旗，我们见了，不免感慨系之。

天已大亮，黄浦江两岸的破墙残壁，看得清清楚楚，而且满目皆是。江中常见一艇艇的汽船载着衣衫褴褛的工人往工厂里去。

俄而在浦东地平线上起了两个黑点，斜着向上飞起，像是飞机，果然渐渐听见机声了，它直向我们这边飞来，一直到了江面上，在我们的头上嗡嗡地旋转了三下，然后转回去。没有一歇儿，又飞来了一队飞机，在我们头上转了好几转才返回。这样好几次后才绝迹。我们知道那是日本飞机，它的意思是示威吗？

渐渐江中轮船多了，有些在行驶，有些停泊在那里，都

20世纪30年代的上海外滩

是日本的商船。又渐渐地见了军舰，有一只白色的军舰，上面有三个烟囱，听说就是日本的指挥船出云舰。

再回头看船艄上，见一个水手抓了一筒机油加给那个绞缆机器，天气很冷，他的手似乎有点僵，呵出的热气浓烈地向上飞着。我身上虽然穿了那件一路上一直穿的黄呢大衣——还有些樟脑味儿，还觉得寒气彻骨不能支，便下楼到通舱里歇着。

回到甲板上，见旅客们都聚集在那里，准备上岸了。父亲母亲设法将艄棚上的行李搬到了甲板上，祖母也由我们扶着出了通舱，存甲板上的行李上坐着。

八点钟了。我已远远地看见了上海外滩上的那些大厦，便忙奔到船艄上去观光了。没有听见汽笛声，船行驶得慢了，我们接近了外滩。绞缆的机器轧轧地响了起来，一个外国人在指示一个水手开动机器。船好像在江心停了下来，其实还在行驶，不过很慢了，在船上的人不易觉得。

我伏在左面栏上，望着上海外滩的风景，那和平神、沙逊大厦、江海关。江海关全座大厦包在芦扉和竹竿中，在修造。

忽然发觉我们的船在离开外滩，什么原因呢？我跑到甲板上去问，回答是这船不靠外滩了，靠到浦东码头去。

不一会儿，果然在浦东抛起锚来。我担心日本人要检查行李，结果没有。

轮船旁停泊了很多汽船和小船，可以载人或把行李送到外滩去。我们很镇静，等大部分人散去以后，将行李搬到浦东码头上，待祖母和母亲等人到齐以后，便叫了一艘小船来，将行李统统装了上去，人也一个一个地上船去，船看上去很小，但装了这许多东西还没什么要紧，舟子便慢慢地荡起桨来。

越过了一艘巨型法国兵舰，便到江心了。我回头看苏州轮，那黑色的船身和红色的栏和桅，已分得不十分清楚。上面似乎人已走空，它在远离我们，和我们分别了。

到了外滩，我们一个个上岸去，又搬行李上岸。最后一个是祖母，她上岸是很费力的，这时忽然来了一个高大的、流氓样子的壮汉，背了祖母上岸。父亲给了他两毛钱，他非常高兴。

立刻雇黄包车到萨坡赛路姨母家去。几辆黄包车载着我们人和行李奔向法租界，没有一会便到了。第一个出来开门的是姚老妈子，她见了我们，喜得跳起来，忙喊大家出来，一面给我们搬行李进屋。表兄权哥正在许先生那里学算学，听见了我的声音，忙赶出来，喜得话也说不出来了，他拉我到楼梯口说：

“到二楼去！祖铭哥还没有起身，快去喊他出来。”

权哥仍要去学算学，等一会再细谈。我便一口气奔到三楼，见铭哥还睡在床上，我扭醒了他，他睡眼惺忪间认出是我，也惊喜交集了。他忙着问我一路的情形，我哪里讲得完，便决定将我逃难的情形都写出来。

我又忆起了故乡常州，虽然上海离常州很近，却一点常州消息也没有。

翻到了荣哥近日的日记，虽很简略，倒可以作我记事的参考，且看他今天的日记吧：

“晨八时乘太古苏州轮抵达，泊浦东，乘小舟过江。行李未检查。乘人力车安然到寓。一次长途旅行，遂告结束。”

我想，因战争而引起的飘零生涯，果真结束了吗？自己回答说：

“上海不是理想中的桃源啊！”

即使有了桃源，也不是我们应该去的地方。那么，为什么要到上海来呢？我一时竟忘记了答案。忽然听见父亲命我到上海中学去询问询问，这才使我恍然大悟了。

后记

我之要写作本书，在逃难前就已萌生了一路记载的计划。但是途中诸多不便，哪里有机会给你记载呢？到了新堤的“新居”里，以为奔走天涯可以告一段，便动笔写起来，可是刚写了一个开头，即写到在常州第一次赴火车站的事，又要返回武汉去了，笔只得搁起来，一本簿子也塞到箱子里去。

长驱到沪，初数日继续写作，但不久忙着投考学校，渐渐疏忽下来。一九三八年春天来了，我在省立上海中学读书，因为少上了一学期课程，程度不够，功课一忙，写作的事又由断续而至中止了。那时还只写到在汉口赴新堤时登上汉福轮的阶段。有一次在祖铭哥的床边一张桌子上决定发奋写作，岂知写不到数行字又搁了起来。不日那房间因七姨来居住，搬动了几张台桌，我那本簿子，遂不知去向了。

我失掉了它，写作本已心灰意懒，加上在上中学习成绩不好，更是无暇顾及这事了。暑假来临，我去投考大同附中，不意被录取。而那本失去的簿子也在二楼食桌的抽屉内发现，早已破残不堪。但是我却因此定下了一个计划：到书橱里抽出一本册子，那册子是在上海中学求学时所购，预备用来写作的，现已搁在那里许多时候了，拍去上面的灰尘，出现一本簇新的册子。我预备把原来簿子上已写好的文字统统抄到这本册子上来。原来簿子上的文字，都是信手写来，没有推敲，总有不妥之处，现在决定修改了再誊写到新册子上去。抄完以后，再继续写作下去，仍是先起草稿，自己修改后再誊写上去。并且预备再把逃难时期所作的单篇文章及代替摄影的写生画放进去，这样可以完美和整齐些。这工作我立刻实行起来。不幸又生了胃病，还好，我的工作在病愈后立刻继续下去。但不久大同附中开学了，我的工作，又停顿下来。

我虽然努力抽些时间来写作，可是刚写到新堤的开端，我生起伤寒症来了，写作完全停顿。整整卧床两个月，大同附中的大考也没有去应试，我也不想再进大同附中了，因为它校风不好。在寒假内身体才算完全复原，于是赶紧写作，总算完成了在新堤的记载和回到武汉后的记载。在新堤的二十天，时间虽短，处理实在不易，共分三章，花了一个较长的时间起草，修改则更麻烦，有好几段东西是前后移动修改、数度斟酌的，幸而最后终于完成了。

一九三九年春（民国二十八年），江苏省立常州中学在沪复校招生，我去应考，幸被录取。在常中求学的第一个月内仍是努力写作，一口气写到香港。中间粤汉铁路车中一章，因为忘记了许多事实，几乎使我变成一个“考古学家”，各处搜集相关的材料，多次和荣哥回忆讨论，又去访问湘铭，终于写作完成了，我心中非常高兴。

在常州中学第一次月考后，不知什么缘故，写作又停顿下来。停顿的时间，一直延续到最近，即一九三九年的初夏。

等到我在常中初中部毕业后，才重新取出这本册子来，发誓写完这部纪实作品。但事情不巧，七月十日是上海中学招生考试的日期，我想去试一下，不能不准备功课。于是我决定，把这本《漂流记》赶紧写完，腾出时间来准备功课。加紧写作的结果，是没有到六月底便大功告成了。

回头看这本册子，是我第一次长篇写作的尝试，但没有给别人阅读的价值，更不是文学作品。但它对我却又是莫大的安慰：当我完成它的时候，心里好像有了一个寄托，而且等到将来翻阅它的时候，能使我追忆过去的事情，是极有趣味和极快乐的。所以我在内容方面，切求真实，毫不伪饰。如果其中有不真实的地方，对我将来的回忆，不是要打折扣吗？所以荣哥问我：

“你这作品是有深刻用意的文字呢，还是忠实的叙事文？”

我毫不迟疑地回答道：

“忠实的记叙文！”

叔牟于上海

一九三九年六月二十七日晨

附录：《漂流记》中的人物

蒋冯氏：名讳不详。祖母。

蒋　骥：字子展，小名宝鑫。父亲。

屠　时：字成俊，小名阿兰。屠寄之弟屠亮之次女，母亲。

蒋　范：字云娥，蒋骥之妹。姑母。我和荣哥习惯称她“叔叔”。

蒋孟厚：小名阿荣，哥哥。我称他荣哥。

蒋璧厚：小名阿钟（鐘，非锺）。笔名叔牟，屠岸。《漂流记》作者，我。

蒋文厚：小名阿珑。妹妹。

屠　寄：讳庚，字敬山。历史学家，民国初年常州第一任民政长（县长）。屠亮之兄，我的大舅公（即外公的哥哥）。

屠　亮：字寅仲，屠寄胞弟。我的外公，按常州人称舅公。

屠元博：屠寄之长子。常州中学创办人，民初国会议员。大舅。

屠某氏：屠寄第三任夫人。屠修元、屠详芝之母。大舅婆。

屠　格：屠亮之长女，屠时（母亲）之姐。姨母。

屠修元：屠寄之女，屠时之堂妹。修姨，我更多地称她“寄爹”，因从小“寄”给了她，成为她的“寄子”（干儿子）。

承纪元：屠修元的丈夫。姨夫。

屠详芝：屠寄之女，屠修元之妹。详姨。

李抱宏：屠详芝的丈夫。姨夫。

李某氏：李抱宏之母。我称她太姻伯母。

屠　模：字伯范。屠寄之孙，屠元博之子，屠时之侄。表兄。

周慧兼：屠模之妻。表嫂。

周有光：周慧兼之弟。表兄。

屠乐平：屠模与周慧兼之长子。侄儿。

屠乐勤：屠模与周慧兼之长女。侄女。

屠乐新：屠模与周慧兼之次子，外号大头。侄儿。

屠式玫：屠模与周慧兼之次女。侄女。

蔡玉雯：屠模之二夫人。被称作“蔡姑娘”。

屠式琏：屠模与蔡玉雯之子。侄儿。

屠仲方：屠寄之孙，屠元博之次子，屠模之弟。表兄。

令　德：屠仲方之妻。表嫂。

屠阿英：屠仲方之长子。侄儿。

屠阿真：屠仲方之次子。侄儿。

杨裕三：屠仲方之连襟。湖北新堤商界巨头。

屠孝密：字仲仁，屠寄之次子，屠元博之二弟。二舅。

屠孝宦：字公覆，屠寄之四子，屠元博之四弟。四舅。

屠子寿：小名寿官。屠公覆之子。表兄。

屠友梅：医师，屠时（母亲）之堂兄。舅舅。

屠志俊：屠寄之弟屠亮之五女，屠时（母亲）同父异母之妹，张月秋之妻。姨。

芸　芳：小名阿娣。屠某氏（大舅婆）的内侄女。

刘竹如：陈季良之妻，屠时之表妹。三姨。

陈季良：刘竹如的丈夫。常州轮（船）业公会会长。姨夫。

陈某氏：陈季良之母，刘竹如之婆母。四姨婆。

平　安：蒋骥（父亲）家的保姆。

湘　铭：屠某氏（大舅婆）家的男佣。

莲　芬：湘铭之妻。保姆。

姚老妈子：屠格（姨母）家的保姆。

红　英：杨锡类家的保姆。

沈琴华：屠时（母亲）的女学生。世交。

杨锡类：沈琴华的丈夫。世交。

杨来笋：杨锡类之长女。来笋姐。

杨来宁：杨锡类之次女。来宁姐。

王寿生：杨锡类之难友。朋友。

丁元生：觅渡桥小学和上海中学同学。好友。

余季兰：觅渡桥小学女同学。前后桌同学。

余宗英：觅渡桥小学女教师。余先生，恩师。

吴良仪：觅渡桥小学女教师。吴先生。

吕步池：又名吕荷生，觅渡桥小学美术教师。吕先生（当年称呼“先生”，不流行称“老师”。）

胡达人：觅渡桥小学教师。胡先生。

费　定：电影与话剧演员，曾与我合演话剧《雷雨》。朋友。

沈慕云：同上。

周敏之：银行职员。蒋骥家房客。

吴紫绶：医师。蒋骥家对门邻居。

长喜子：吴紫绶医师的车夫。

杨鹤声：医师。在前黄镇上行医。

张春芳：医师。在前黄乡间行医。

陈顿元：前黄镇避难时邻居病孩儿。

老　周：镇江五洲旅馆的茶房。

丁家俚：瑞和轮上茶房。

杨佛康：瑞和轮上旅客之男孩。

刘　兰：瑞和轮上相遇之旅客。

王焰生：粤汉铁路火车上相遇的军校学生。

陈金三：中和旅馆招待员。

章育中：蒋孟厚（哥哥）的同学。

章先生：章育中之父。

张泰吾：蒋孟厚的同学。

李　骑：蒋骥（父亲）的朋友，在四川。

奚祖权：屠格（姨母）之长子。表兄。

奚祖铭：奚祖权之堂兄。表兄。

奚九如：远亲。后生铁厂经理。

蒋雪村：西门子洋行职员，曾是蒋骥家房客。

毛太太：蒋雪村夫人。

蒋大介：蒋雪村之子。

蒋　慧：蒋雪村之长女。

蒋　乐：蒋雪村之次女。

蒋青儿：蒋雪村之三女。

某：平安旅店的账房先生。